CLASSIQUES & CiE

Le Barbier de Séville ou La Précaution inutile (1773)

Beaumarchais

Collection dirigée par
Marc Robert

Notes et dossier
Anaïs Denoits
agrégée de lettres modernes

HATIER

LE BARBIER DE SÉVILLE

LIRE L'ŒUVRE

L'ŒUVRE DANS L'HISTOIRE

Conception graphique de la maquette :
c-album, Jean-Baptiste Taisne, Rachel Pfleger
Principe de couverture : Double
Mise en pages : Chesteroc Ltd
Iconographie : Hatier Illustration
Suivi éditional : Isabelle Chave

ISBN 978-2-218-92338-8

L'ŒUVRE DANS UN GENRE

VERS L'ÉPREUVE

ARGUMENTER, COMMENTER, RÉDIGER

LE BARBIER DE SÉVILLE
ou
La Précaution inutile

Lettre modérée[1] sur la chute et la critique du *Barbier de Séville*[2]

L'auteur, vêtu modestement et courbé, présentant sa pièce au lecteur

Monsieur,

J'ai l'honneur de vous offrir un nouvel opuscule[3] de ma façon. Je souhaite vous rencontrer dans un de ces moments heureux où, dégagé de soins[4], content de votre santé, de vos affaires, de votre maîtresse, de votre dîner, de votre estomac, vous puissiez vous plaire un moment à la lecture de mon *Barbier de Séville*; car il faut tout cela pour être homme amusable et lecteur indulgent.

Mais si quelque accident a dérangé votre santé, si votre état[5] est compromis, si votre belle a forfait[6] à ses serments, si votre dîner fut mauvais ou votre digestion laborieuse[7], ah ! laissez mon *Barbier*, ce n'est pas là l'instant; examinez l'état de vos dépenses, étudiez le *factum*[8] de votre adversaire, relisez ce traître billet[9] surpris à Rose, ou parcourez les

---

1. *Modérée :* écrite avec mesure, l'adjectif a une valeur ironique. \ **2.** Préface écrite entre mai et juillet 1775, après l'échec de la pièce en février, qui fut suivi d'un grand succès. \ **3.** *Opuscule :* petit livre. *La Lettre modérée* est un « nouvel opuscule » car elle fait suite à l'*Essai sur le genre dramatique sérieux* qui servit de préface au premier drame de Beaumarchais : *Eugénie*. \ **4.** *Dégagé de soins :* sans souci. \ **5.** *État :* Position sociale. \ **6.** *A forfait :* a trahi. \ **7.** *Laborieuse :* qui demande beaucoup de peine, difficile. \ **8.** *Factum :* texte rédigé par la défense ou par l'accusation à l'occasion d'un procès. \ **9.** *Billet :* missive, petite lettre.

chefs-d'œuvre de Tissot[1] sur la tempérance, et faites des réflexions politiques, économiques, diététiques[2], philosophiques ou morales.

Ou si votre état est tel qu'il vous faille absolument l'oublier, enfoncez-vous dans une bergère[3], ouvrez le journal établi dans Bouillon[4] avec Encyclopédie, approbation et privilège[5], et dormez vite une heure ou deux.

Quel charme aurait une production légère au milieu des plus noires vapeurs[6] ? Et que vous importe, en effet, si Figaro le barbier s'est bien moqué de Bartholo le médecin en aidant un rival à lui souffler sa maîtresse ? On rit peu de la gaieté d'autrui, quand on a de l'humeur[7] pour son propre compte.

Que vous fait encore si ce barbier espagnol, en arrivant dans Paris, essuya quelques traverses[8], et si la prohibition de ses exercices a donné trop d'importance aux rêveries de mon bonnet ? On ne s'intéresse guère aux affaires des autres que lorsqu'on est sans inquiétude sur les siennes.

Mais enfin tout va-t-il bien pour vous ? Avez-vous à souhait double estomac, bon cuisinier, maîtresse honnête et repos imperturbable ? Ah ! parlons, parlons ; donnez audience[9] à mon *Barbier*.

1. *Tissot :* médecin suisse très connu (1728-1797), qui écrivit entre autres *De la santé des gens de lettres* (1769) et un *Essai sur les maladies des gens du monde* (1770). *Tempérance :* vertu qui modère les passions et les désirs, surtout sensuels.\ **2.** *Diététiques :* branche de la médecine qui s'occupe des règles à suivre dans la diète, c'est-à-dire le régime alimentaire. \ **3.** *Bergère :* fauteuil large et profond. \ **4.** *Bouillon :* le *Journal encyclopédique par une société de gens de lettres* paraissait à Bouillon en Belgique. Défenseur de l'*Encyclopédie*, ce journal avait pris parti contre Beaumarchais dans l'affaire Goëzman et avait critiqué le *Barbier de Séville.* \ **5.** *Approbation et privilège :* sous l'Ancien Régime, les ouvrages ne pouvaient être publiés que s'ils recevaient l'approbation de la censure. Ils possédaient ainsi un droit d'exclusivité : le privilège. \ **6.** *Noires vapeurs :* exhalaisons qui obscurcissent. \ **7.** *Avoir de l'humeur :* être mécontent. \ **8.** *Traverses :* obstacles. Allusion aux difficultés que connut Beaumarchais pour faire représenter le *Barbier*. La prohibition est une interdiction. \ **9.** *Donner audience :* accepter d'écouter la pièce mais aussi lui prêter attention.

Je sens trop, Monsieur, que ce n'est plus le temps où, tenant mon manuscrit en réserve, et semblable à la coquette[1] qui refuse souvent ce qu'elle brûle toujours d'accorder, j'en faisais quelque avare lecture[2] à des gens préférés, qui croyaient devoir payer ma complaisance par un éloge pompeux[3] de mon ouvrage.

Ô jours heureux! Le lieu, le temps, l'auditoire à ma dévotion[4] et la magie d'une lecture adroite assurant mon succès, je glissais sur le morceau[5] faible en appuyant les bons endroits; puis, recueillant les suffrages[6] du coin de l'œil avec une orgueilleuse modestie, je jouissais d'un triomphe d'autant plus doux que le jeu d'un fripon d'acteur ne m'en dérobait pas les trois quarts pour son compte.

Que reste-t-il, hélas! de toute cette gibecière[7]? À l'instant qu'il faudrait des miracles pour vous subjuguer, quand la verge de Moïse y suffirait à peine, je n'ai plus même la ressource du bâton de Jacob[8]; plus d'escamotage[9], de tricherie, de coquetterie, d'inflexions de voix, d'illusion théâtrale, rien. C'est ma vertu toute nue que vous allez juger.

Ne trouvez donc pas étrange, Monsieur, si, mesurant mon style à ma situation, je ne fais pas comme ces écrivains

1. *Coquette:* femme soucieuse de plaire, souvent péjoratif pour désigner une femme frivole. Au théâtre, le terme signifie le principal rôle féminin de séductrice dans certaines comédies de caractère. \ **2.** *Avare lecture:* lecture réservée à un public choisi. Allusion à la pratique mondaine courante qui consistait pour les auteurs à lire leurs pièces dans les salons avant leur représentation publique. \ **3.** *Complaisance:* acte fait en vue de plaire, de flatter. *Pompeux:* qui affecte une solennité proche du ridicule. \ **4.** *Dévotion:* attachement passionné et respectueux. \ **5.** *Morceau:* passage de l'œuvre. \ **6.** *Recueillir les suffrages:* obtenir l'approbation après l'avoir sollicitée. \ **7.** *Gibecière:* espèce de bourse large et plate qu'on portait à la ceinture, en particulier le sac dans lequel les escamoteurs mettaient leur matériel. Beaumarchais suggère que l'ensemble des ruses auquel il affirme plaisamment avoir eu recours pour faire croire aux qualités de sa pièce ne lui sert plus à rien. \ **8.** *Bâton de Jacob:* allusions à deux épisodes de la Bible. Avec sa verge d'airain, Moïse fit jaillir de l'eau d'un rocher dans le désert (*Exode*, 17, 6). Jacob franchit le Jourdain grâce à son bâton (*Genèse*, 32, 10). « Le bâton de Jacob » désigne aussi au XVIIIe siècle la baguette magique des prestidigitateurs. \ **9.** *Escamotage:* spectacle qui consiste à soustraire un objet sans que le public puisse s'en apercevoir.

qui se donnent le ton de vous appeler négligemment « lecteur, ami lecteur, cher lecteur, bénin » ou « benoît[1] lecteur », ou de telle autre dénomination cavalière[2], je dirais même indécente[3], par laquelle ces imprudents essayent de se mettre au pair[4] avec leur juge, et qui ne fait bien souvent que leur en attirer l'animadversion[5]. J'ai toujours vu que les airs[6] ne séduisaient personne, et que le ton modeste d'un auteur pouvait seul inspirer un peu d'indulgence à son fier lecteur.

Eh ! quel écrivain en eut jamais plus besoin que moi ? Je voudrais le cacher en vain : j'eus la faiblesse autrefois, Monsieur, de vous présenter, en différents temps, deux tristes drames[7], productions monstrueuses, comme on sait ! Car entre la tragédie et la comédie, on n'ignore plus qu'il n'existe rien ; c'est un point décidé, le maître[8] l'a dit, l'école en retentit, et pour moi, j'en suis tellement convaincu, que si je voulais aujourd'hui mettre au théâtre une mère éplorée, une épouse trahie, une sœur éperdue, un fils déshérité, pour les présenter décemment au public, je commencerais par leur supposer un beau royaume où ils auraient régné de leur mieux, vers l'un des archipels[9] ou dans tel autre coin du monde ; certain, après cela, que l'invraisemblance du roman[10], l'énormité des faits, l'enflure[11] des caractères, le gigantesque des idées et la

1. *Bénin ou benoît :* « bénin » signifie « doux, indulgent ». *Benoît :* terme archaïque (XVIe siècle) dont le premier sens est « béni », mais qui est aussi synonyme de « bénin » auquel il fait écho. \ **2.** *Cavalière :* légère et désinvolte, d'une liberté insolente. \ **3.** *Indécente :* qui est contraire aux convenances, aux usages. \ **4.** *Se mettre au pair :* se placer sur un pied d'égalité. \ **5.** *Animadversion :* désapprobation. \ **6.** *Les airs :* les « grands airs », les manières affectées. \ **7.** *Deux tristes drames :* il s'agit d'*Eugénie* (1767) et *Des deux amis* (1770), « tristes » a ici plusieurs sens : médiocres, malheureux, sérieux. \ **8.** *Maître :* Aristote (384-322 av. J.-C.) dont la *Poétique* est à la source de la division des genres théâtraux entre tragédie et comédie. « L'école » désigne les partisans de sa doctrine. \ **9.** *L'un des archipels :* en particulier l'archipel que compose la Grèce, lieu de naissance de la tragédie. \ **10.** *L'invraisemblance du roman :* l'invraisemblance – caractère de ce qui n'a pas l'apparence de la vérité – de l'intrigue du roman. \ **11.** *Enflure :* exagération proche du ridicule.

bouffissure[1] du langage, loin de m'être imputés[2] à reproche, assureraient encore mon succès.

Présenter des hommes d'une condition moyenne, accablés et dans le malheur, fi donc ! On ne doit jamais les montrer que bafoués[3]. Les citoyens ridicules et les rois malheureux, voilà tout le théâtre existant et possible, et je me le tiens pour dit ; c'est fait, je ne veux plus quereller avec personne.

J'ai donc eu la faiblesse autrefois, Monsieur, de faire des drames qui n'étaient pas « du bon genre » [4], et je m'en repens beaucoup.

Pressé depuis par les événements, j'ai hasardé de malheureux mémoires[5], que mes ennemis n'ont pas trouvés « du bon style », et j'en ai le remords cruel.

Aujourd'hui, je fais glisser sous vos yeux une comédie fort gaie, que certains maîtres de goût n'estiment pas « du bon ton », et je ne m'en console point.

Peut-être un jour oserai-je affliger votre oreille d'un opéra[6], dont les jeunes gens d'autrefois diront que la musique n'est pas « du bon français », et j'en suis tout honteux d'avance.

Ainsi, de fautes en pardons et d'erreurs en excuses, je passerai ma vie à mériter votre indulgence, par la bonne foi naïve avec laquelle je reconnaîtrai les unes en vous présentant les autres.

Quant au *Barbier de Séville*, ce n'est pas pour corrompre votre jugement que je prends ici le ton respectueux ; mais on m'a fort assuré que, lorsqu'un auteur était sorti, quoique échiné[7], vainqueur au théâtre, il ne lui manquait plus que

1. *Bouffissure :* vanité extrême, ridicule. Toutes ces expressions renvoient avec ironie à l'esthétique de la tragédie classique. \ **2.** *Imputer :* mettre quelque chose sur le compte de quelqu'un. \ **3.** *Bafoués :* traités avec mépris. \ **4.** Les derniers paragraphes constituent une reprise ironique des idées contenue dans l'*Essai sur le genre dramatique sérieux* (1767). \ **5.** *Malheureux mémoires :* les quatre *Mémoires contre Goëzman* (1773-1774). \ **6.** *Un opéra :* Beaumarchais a écrit en 1787 le livret d'un opéra, *Tarare*, commencé selon certains critiques dès 1775. \ **7.** *Échiné :* assommé de coups et/ou très fatigué.

d'être agréé par vous, Monsieur, et lacéré[1] dans quelques journaux, pour avoir obtenu tous les lauriers littéraires[2]. Ma gloire est donc certaine si vous daignez m'accorder le laurier de votre agrément ; persuadé que plusieurs de messieurs les journalistes ne me refuseront pas celui de leur dénigrement[3].

Déjà l'un d'eux, établi dans Bouillon avec approbation et privilège, m'a fait l'honneur encyclopédique d'assurer à ses abonnés que ma pièce était sans plan, sans unité, sans caractères, vide d'intrigue et dénuée de comique.

Un autre, plus naïf encore, à la vérité sans approbation, sans privilège et même sans Encyclopédie, après un candide[4] exposé de mon drame, ajoute au laurier de sa critique cet éloge flatteur de ma personne[5] : « La réputation du sieur de Beaumarchais est bien tombée ; et les honnêtes gens sont enfin convaincus que lorsqu'on lui aura arraché les plumes du paon, il ne restera plus qu'un vilain corbeau noir, avec son effronterie[6] et sa voracité[7]. »

Puisqu'en effet j'ai eu l'effronterie de faire la comédie du *Barbier de Séville*, pour remplir l'horoscope entier[8], je pousserai la voracité jusqu'à vous prier humblement, Monsieur, de me juger vous-même, et sans égard aux critiques passés, présents et futurs ; car vous savez que, par état, les gens de feuilles[9] sont souvent ennemis des gens de lettres ; j'aurai même la voracité de vous prévenir qu'étant saisi de mon affaire, il faut[10] que vous soyez mon juge absolument, soit que vous le vouliez ou non, car vous êtes mon lecteur.

---

1. *Lacéré:* mis en pièce, sévèrement critiqué. \ **2.** *Lauriers littéraires :* le laurier est, depuis l'Antiquité, le symbole de la victoire – des poètes et des généraux –, il symbolise la gloire et constitue une récompense. \ **3.** *Dénigrement :* critique. \ **4.** *Candide :* innocent, naïf. Sens ironique. \ **5.** Citation approximative de la *Correspondance littéraire secrète* du 25 février 1775. \ **6.** *Effronterie :* manque de retenue, insolence. \ **7.** *Voracité :* avidité à accomplir quelque chose. \ **8.** *Pour remplir l'horoscope entier :* pour être conforme à toutes les prédictions du critique qu'il vient de citer. \ **9.** *Les gens de feuilles :* les journalistes, ceux qui écrivent dans les « feuilles », néologisme forgé par Beaumarchais à partir de l'expression « gens de lettres ». \ **10.** *Il faut :* il est inévitable.

Et vous sentez bien, Monsieur, que si, pour éviter ce tracas ou me prouver que je raisonne mal, vous refusiez constamment de me lire, vous feriez vous-même une pétition de principe au-dessous de vos lumières[1]: n'étant pas mon lecteur, vous ne seriez pas celui à qui s'adresse ma requête.

Que si[2], par dépit de la dépendance où je parais vous mettre, vous vous avisiez de jeter le livre en cet instant de votre lecture, c'est, Monsieur, comme si, au milieu de tout autre jugement, vous étiez enlevé du tribunal par la mort ou tel accident qui vous rayât du nombre des magistrats. Vous ne pouvez éviter de me juger qu'en devenant nul, négatif, anéanti ; qu'en cessant d'exister en qualité de mon lecteur.

Eh ! quel tort vous fais-je en vous élevant au-dessus de moi ? Après le bonheur de commander aux hommes, le plus grand honneur, Monsieur, n'est-il pas de les juger ?

Voilà donc qui est arrangé. Je ne reconnais plus d'autre juge que vous, sans excepter messieurs les spectateurs, qui, ne jugeant qu'en premier ressort, voient souvent leur sentence infirmée à votre tribunal.

L'affaire avait d'abord été plaidée devant eux au théâtre, et ces messieurs ayant beaucoup ri, j'ai pu penser que j'avais gagné ma cause à l'audience. Point du tout ; le journaliste, établi dans Bouillon, prétend que c'est de moi qu'on a ri. Mais ce n'est là, Monsieur, comme on dit en style de palais[3], qu'une mauvaise chicane[4] de procureur[5] : mon but ayant été d'amuser les spectateurs, qu'ils aient ri de ma pièce ou de moi, s'ils ont ri de bon cœur, le but est également rempli, ce que j'appelle avoir gagné ma cause à l'audience.

1. *Au-dessous de vos lumières :* raisonnement qui manque de logique, d'une qualité inférieure à celle de votre intelligence. \ **2.** *Que si :* et si (tournure empruntée au latin). \ **3.** *Palais :* palais de justice. \ **4.** *Chicane :* difficulté que l'on soulève dans un procès sur un point mineur de droit pour embrouiller l'affaire. \ **5.** *Procureur :* ancien nom de l'avoué, spécialiste de la procédure et donc de la forme.

Le même journaliste assure encore, ou du moins laisse entendre, que j'ai voulu gagner quelques-uns de ces messieurs en leur faisant des lectures particulières, en achetant d'avance leur suffrage par cette prédilection[1]. Mais ce n'est encore là, Monsieur, qu'une difficulté de publiciste allemand[2]. Il est manifeste que mon intention n'a jamais été que de les instruire ; c'étaient des espèces de consultations que je faisais sur le fond de l'affaire. Que si les consultants, après avoir donné leur avis, se sont mêlés parmi les juges, vous voyez bien, Monsieur, que je n'y pouvais rien de ma part, et que c'était à eux de se récuser[3] par délicatesse, s'ils se sentaient de la partialité pour mon barbier andalou[4].

Eh ! plût au Ciel qu'ils en eussent un peu conservé pour ce jeune étranger, nous aurions eu moins de peine à soutenir notre malheur éphémère ! Tels sont les hommes : avez-vous du succès, ils vous accueillent, vous portent, vous caressent, ils s'honorent de vous ; mais gardez de broncher[5] : au moindre échec, ô mes amis, souvenez-vous qu'il n'est plus d'amis.

Et c'est précisément ce qui nous arriva le lendemain de la plus triste soirée[6]. Vous eussiez vu[7] les faibles amis du barbier se disperser, se cacher le visage ou s'enfuir ; les femmes, toujours si braves quand elles protègent, enfoncées dans les coqueluchons jusqu'aux panaches[8] et baissant des yeux confus ; les hommes courant se visiter, se faire amende

1. *Prédilection :* préférence marquée. \ **2.** *Publiciste allemand :* un publiciste est un spécialiste du droit public, l'Allemagne excelle dans cette discipline. Bouillon, situé dans la province de Liège, était dans le Saint-Empire romain germanique. De plus Goëzman a publié en 1770 une *Lettre d'un publiciste allemand à un jurisconsulte français.* \ **3.** *Récuser :* refuser de donner son avis. \ **4.** *Andalou :* d'Andalousie, nom de la province du sud de l'Espagne où se trouve Séville. \ **5.** *Broncher :* se dit d'un cheval qui fait un faux pas sur un champ de courses. *Gardez de broncher :* évitez de buter contre une difficulté, évitez de vous trouver en difficulté. \ **6.** *La plus triste soirée :* référence à la soirée de la première représentation du *Barbier* en cinq actes, le 23 février 1775. \ **7.** *Vous eussiez vu :* vous auriez vu. \ **8.** *Coqueluchon :* capuchon, sur un ton de plaisanterie. *Panaches :* plumes qui ornaient les coiffures de l'époque et étaient fort hautes.

honorable du bien qu'ils avaient dit de ma pièce, et rejetant sur ma maudite façon de lire les choses tout le faux plaisir qu'ils y avaient goûté. C'était une désertion totale, une vraie désolation [1].

Les uns lorgnaient à gauche en me sentant passer à droite, et ne faisaient plus semblant de me voir [2] : ah dieux ! D'autres, plus courageux, mais s'assurant bien si personne ne les regardait, m'attiraient dans un coin pour me dire : « Eh ! comment avez-vous produit en nous cette illusion ? car il faut en convenir, mon ami, votre pièce est la plus grande platitude du monde.

– Hélas ! messieurs, j'ai lu ma platitude, en vérité, tout platement comme je l'avais faite ; mais, au nom de la bonté que vous avez de me parler encore après ma chute et pour l'honneur de votre second jugement, ne souffrez pas qu'on redonne la pièce au théâtre ; si, par malheur, on venait à la jouer comme je l'ai lue, on vous ferait peut-être une nouvelle tromperie, et vous vous en prendriez à moi de ne plus savoir quel jour vous eûtes raison ou tort ; ce qu'à Dieu ne plaise ! »

On ne m'en crut point ; on laissa rejouer la pièce, et pour le coup je fus prophète en mon pays [3]. Ce pauvre Figaro, *fessé* par la cabale [4] *en faux-bourdon* [5] et presque enterré le vendredi, ne fit point comme Candide, il prit courage ; et mon héros se releva le dimanche [6], avec une vigueur que l'austérité d'un

1. *Désolation :* sens étymologique : abandon. \ **2.** *Ne faisaient plus semblant de me voir :* ne semblaient plus me voir. \ **3.** *Je fus prophète en mon pays :* l'expression originelle est « Nul n'est prophète en son pays » et signifie que l'on a généralement moins de succès en son pays qu'ailleurs. \ **4.** *Cabale :* manœuvres secrètes et collectives menées contre quelqu'un, en particulier contre un auteur de théâtre en vue de faire cesser les représentations de sa pièce. \ **5.** *Faux-bourdon :* chant d'église où la basse (le bourdon) forme le chant principal. Citations détournées de *Candide* (1759) de Voltaire : au chap. VI, le héros est condamné par l'Inquisition et « fessé en cadence » aux sons « d'une belle musique en faux-bourdon » ; le chapitre VII débute par la phrase suivante : « Candide ne prit point courage. » \ **6.** *Mon héros se releva le dimanche :* lors de la seconde représentation, le dimanche 26 février 1775, la pièce, réduite à quatre actes, remporta un grand succès.

carême[1] entier et la fatigue de dix-sept séances publiques n'ont pas encore altérée. Mais qui sait combien cela durera ? Je ne voudrais pas jurer qu'il en fût seulement question dans cinq ou six siècles, tant notre nation est inconstante et légère !

Les ouvrages de théâtre, Monsieur, sont comme les enfants des femmes : conçus avec volupté, menés à terme avec fatigue, enfantés avec douleur et vivant rarement assez pour payer les parents de leurs soins, ils coûtent plus de chagrins qu'ils ne donnent de plaisirs. Suivez-les dans leur carrière ; à peine ils voient le jour que, sous prétexte d'enflure, on leur applique les censeurs[2] ; plusieurs en sont restés en chartre[3]. Au lieu de jouer doucement avec eux, le cruel parterre[4] les rudoie et les fait tomber. Souvent en les berçant, le comédien les estropie. Les perdez-vous un instant de vue, on les retrouve, hélas ! traînant partout, mais dépenaillés, défigurés, rongés d'extraits[5] et couverts de critiques. Échappés à tant de maux, s'ils brillent un moment dans le monde, le plus grand de tous les atteint, le mortel oubli les tue ; ils meurent, et, replongés au néant, les voilà perdus à jamais dans l'immensité des livres.

Je demandais à quelqu'un pourquoi ces combats, cette guerre animée entre le parterre et l'auteur, à la première représentation des ouvrages, même de ceux qui devaient plaire un autre jour. « Ignorez-vous, me dit-il, que Sophocle et le vieux Denys[6] sont morts de joie d'avoir remporté le prix des vers au

1. *Carême :* période de quarante-six jours de jeûne et d'abstinence prescrite par l'Église catholique entre le mardi gras et le jour de Pâques. Le temps d'un carême s'est donc écoulé entre la première (23 février) et la dernière (27 mai 1775) des dix-sept représentations. \ **2.** *Censeurs :* personnes chargées par un gouvernement d'examiner les journaux, les revues, les œuvres littéraires ou dramatiques avant d'en permettre la publication ou la représentation. \ **3.** *En chartre :* en prison. \ **4.** *Parterre :* rez-de-chaussée d'une salle de théâtre où le public se tenait debout et où se jouait souvent le sort des pièces. *Faire tomber une pièce :* faire en sorte qu'elle cesse d'être jouée dès sa première représentation. \ **5.** *Extraits :* résumés de la pièce publiés par les journaux. Ces « extraits » sont comparés à des maladies rongeant le corps. \ **6.** *Sophocle* (v. 495-406 av. J.-C.) *:* poète tragique grec. *Denys l'Ancien* (v. 430-367 av. J.-C.) *:* tyran de Syracuse et poète.

théâtre ? Nous aimons trop nos auteurs pour souffrir qu'un excès de joie nous prive d'eux en les étouffant ; aussi, pour les conserver, avons-nous grand soin que leur triomphe ne soit jamais si pur qu'ils puissent en expirer de plaisir. »

Quoi qu'il en soit des motifs de cette rigueur, l'enfant de mes loisirs, ce jeune, cet innocent *Barbier*, tant dédaigné le premier jour, loin d'abuser le surlendemain de son triomphe ou de montrer de l'humeur à ses critiques, ne s'en est que plus empressé de les désarmer par l'enjouement[1] de son caractère.

Exemple rare et frappant, Monsieur, dans un siècle d'ergotisme[2] où l'on calcule tout jusqu'au rire ; où la plus légère diversité d'opinions fait germer des haines éternelles ; où tous les jeux tournent en guerre ; où l'injure qui repousse l'injure est à son tour payée par l'injure, jusqu'à ce qu'une autre effaçant cette dernière en enfante une nouvelle, auteur de plusieurs autres, et propage ainsi l'aigreur à l'infini, depuis le rire jusqu'à la satiété[3], jusqu'au dégoût, à l'indignation même du lecteur le plus caustique[4].

Quant à moi, Monsieur, s'il est vrai, comme on l'a dit, que tous les hommes soient frères, et c'est une belle idée, je voudrais qu'on pût engager nos frères les gens de lettres à laisser, en discutant, le ton rogue[5] et tranchant à nos frères les libellistes[6], qui s'en acquittent si bien ! ainsi que les injures à nos frères les plaideurs[7]… qui ne s'en acquittent pas mal non plus ! Je voudrais surtout qu'on pût engager nos frères les journalistes à renoncer à ce ton pédagogue et magistral avec

1. *Enjouement :* gaieté. \ **2.** *Ergotisme :* néologisme de Beaumarchais : un siècle qui ne cesse d'ergoter, de débattre de tout et de tout contester. \ **3.** *Jusqu'à la satiété :* jusqu'à la satisfaction. \ **4.** *Caustique :* qui blesse par la moquerie. *Satiété :* état atteint lorsqu'un désir est amplement satisfait. \ **5.** *Rogue :* méprisant et froid. \ **6.** *Libellistes :* auteurs de libelles : courts écrits satiriques, souvent diffamatoires et violents, très en vogue au XVIIIe siècle. \ **7.** *Plaideurs :* personnes qui défendent une cause devant les juges, mais aussi personnes qui ont la manie de plaider, qui sont toujours en procès.

lequel ils gourmandent les fils d'Apollon[1] et font rire la sottise aux dépens de l'esprit.

Ouvrez un journal : ne semble-t-il pas voir[2] un dur répétiteur, la férule[3] ou la verge levée sur des écoliers négligents, les traiter en esclaves au plus léger défaut dans le devoir ? Eh ! mes frères, il s'agit bien de devoir ici ? la littérature en est le délassement et la douce récréation !

À mon égard au moins, n'espérez pas asservir dans ses jeux mon esprit à la règle ; il est incorrigible, et, la classe du devoir une fois fermée, il devient si léger et badin que je ne puis que jouer avec lui. Comme un liège emplumé[4] qui bondit sur la raquette, il s'élève, il retombe, égaye mes yeux, repart en l'air, y fait la roue, et revient encore. Si quelque joueur adroit veut entrer en partie et ballotter[5] à nous deux le léger volant de mes pensées, de tout mon cœur ; s'il riposte avec grâce et légèreté, le jeu m'amuse et la partie s'engage. Alors on pourrait voir les coups portés, parés[6], reçus, rendus, accélérés, pressés, relevés même avec une prestesse[7], une agilité propre à réjouir autant les spectateurs qu'elle animerait les acteurs.

Telle, au moins, Monsieur, devrait être la critique, et c'est ainsi que j'ai toujours conçu la dispute entre les gens polis qui cultivent les lettres.

Voyons, je vous prie, si le journaliste de Bouillon a conservé dans sa critique ce caractère aimable[8] et surtout de candeur[9] pour lequel on vient de faire des vœux.

« La pièce est une farce[10] », dit-il.

---

1. *Les fils d'Apollon :* les poètes. Apollon était selon la mythologie grecque le dieu de la divination, de la musique et de la poésie. \ **2.** *Ne semble-t-il pas voir :* n'a-t-on pas l'impression de voir. \ **3.** *Férule :* règle de bois dont les maîtres se servaient pour frapper les doigts des écoliers. \ **4.** *Un liège emplumé :* il s'agit du volant ; le jeu du volant, très apprécié au XVIIIe siècle, est un ancêtre du badminton. \ **5.** *Ballotter :* se renvoyer la balle, le volant. \ **6.** *Parés :* évités. \ **7.** *Prestesse :* rapidité et agilité. \ **8.** *Aimable :* digne d'être aimé. \ **9.** *Candeur :* sincérité. \ **10.** *Farce :* genre théâtral : petite pièce comique d'inspiration bouffonne, carnavalesque. Plaisanterie. Les deux sens sont présents ainsi que le sens culinaire (hachis, mélange) au regard du paragraphe suivant.

Passons sur les qualités. Le méchant nom qu'un cuisinier étranger donne aux ragoûts français ne change rien à leur saveur. C'est en passant par ses mains qu'ils se dénaturent. Analysons la farce de Bouillon.

« La pièce, a-t-il dit, n'a pas de plan. »

Est-ce parce qu'il est trop simple qu'il échappe à la sagacité de ce critique adolescent ?

Un vieillard amoureux prétend épouser demain sa pupille ; un jeune amant plus adroit le prévient, et ce jour même en fait sa femme, à la barbe et dans la maison du tuteur[1]. Voilà le fond, dont on eût pu faire, avec un égal succès, une tragédie, une comédie, un drame, un opéra, *et cætera*. *L'Avare* de Molière est-il autre chose ? Le grand *Mithridate* est-il autre chose[2] ? Le genre d'une pièce, comme celui de toute action, dépend moins du fond des choses que des caractères[3] qui les mettent en œuvre.

Quant à moi, ne voulant faire, sur ce plan, qu'une pièce amusante et sans fatigue, une espèce d'*imbroille*[4], il m'a suffi que le machiniste[5], au lieu d'être un noir scélérat, fût un drôle de garçon, un homme insouciant, qui rit également du succès de la chute de ses entreprises, pour que l'ouvrage, loin de tourner en drame sérieux, devînt une comédie fort gaie ; et de cela seul que le tuteur est un peu moins sot que tous ceux qu'on trompe au théâtre, il a résulté beaucoup de mouvement dans la pièce, et surtout la nécessité d'y donner plus de ressort aux intrigants[6].

1. *Tuteur :* personne chargée légalement de veiller sur un mineur – un pupille –, de gérer ses biens et de le représenter dans les actes juridiques. \ **2.** Les intrigues de *L'Avare* (1668), comédie de Molière, et de *Mithridate* (1673), tragédie de Racine, présentent une parenté avec celle du *Barbier.* \ **3.** *Caractères :* les personnages d'une pièce de théâtre dans la poétique classique. \ **4.** *Imbroille :* imbroglio *:* confusion, intrigue complexe, pièce de théâtre dont l'intrigue est complexe. \ **5.** *Machiniste :* celui qui conduit l'intrigue, la « machination ». \ **6.** *Les intrigants :* ceux qui intriguent contre Bartholo et mènent l'intrigue de la comédie.

Au lieu de rester dans ma simplicité comique, si j'avais voulu compliquer, étendre et tourmenter mon plan à la manière tragique ou *dramique*[1], imagine-t-on que j'aurais manqué de moyens dans une aventure dont je n'ai mis en scènes que la partie la moins merveilleuse ?

En effet, personne aujourd'hui n'ignore qu'à l'époque historique où la pièce finit gaiement dans mes mains, la querelle commença sérieusement à s'échauffer, comme qui dirait derrière la toile, entre le docteur et Figaro, sur les cent écus. Des injures on en vint aux coups. Le docteur, étrillé[2] par Figaro, fit tomber en se débattant le *rescille* ou filet qui coiffait le barbier, et l'on vit, non sans surprise, une forme de spatule[3] imprimée à chaud sur sa tête rasée. Suivez-moi, Monsieur, je vous prie.

À cet aspect, moulu de coups, qu'il est, le médecin s'écrie avec transport : « Mon fils ! ô Ciel, mon fils ! mon cher fils !… » Mais avant que Figaro l'entende, il a redoublé de horions[4] sur son cher père. En effet, ce l'était.

Ce Figaro, qui pour toute la famille avait jadis connu sa mère, est fils naturel[5] de Bartholo. Le médecin, dans sa jeunesse, eut cet enfant d'une personne en condition[6], que les suites de son imprudence firent passer du service au plus affreux abandon.

Mais avant de les quitter, le désolé Bartholo, frater[7] alors, a fait rougir sa spatule, il en a timbré son fils à l'occiput[8], pour

1. *Dramique :* néologisme de Beaumarchais formé sur « drame » sur le modèle de « comique » et « tragique » pour qualifier le « genre sérieux » et éviter le terme « dramatique », ambigu. \ **2.** *Étrillé :* malmené. \ **3.** *Spatule :* instrument de chirurgie « qui est plat par un bout & rond par l'autre, & qui sert à étendre les onguens » (*Encyclopédie*). La présence de cette la cicatrice laissée par le coup de spatule permettra la scène de reconnaissance du *Mariage de Figaro* (III, 16). \ **4.** *Horions :* coups violents. \ **5.** *Fils naturel :* fils né hors de l'institution du mariage, illégitime. \ **6.** *Une personne en condition :* une domestique. \ **7.** *Frater :* apprenti chirurgien. \ **8.** *Occiput :* partie postérieure inférieure de la tête.

le reconnaître un jour, si jamais le sort les rassemble. La mère et l'enfant avaient passé six années dans une honorable mendicité, lorsqu'un chef de bohémiens, descendu de Luc Gauric[1], traversant l'Andalousie avec sa troupe, et consulté par sa mère sur le destin de son fils, déroba l'enfant furtivement[2], et laissa par écrit cet horoscope[3] à sa place :

Après avoir versé le sang dont il est né,
Ton fils assommera son père infortuné :
Puis, tournant sur lui-même et le fer et le crime,
Il se frappe, et devient heureux et légitime.

En changeant d'état sans le savoir, l'infortuné jeune homme a changé de nom sans le vouloir ; il s'est élevé sous celui de Figaro ; il a vécu. Sa mère est cette Marceline, devenue vieille et gouvernante[4] chez le docteur, que l'affreux horoscope de son fils a consolé de sa perte. Mais aujourd'hui, tout s'accomplit.

En saignant Marceline au pied, comme on le voit dans ma pièce, ou plutôt comme on ne l'y voit pas[5], Figaro remplit le premier vers :

Après avoir versé le sang dont il est né.

Quand il étrille innocemment le docteur, après la toile tombée, il accomplit le second vers :

Ton fils assommera son père infortuné.

---

1. *Luc Gauric :* ecclésiastique de haut rang et astrologue (1476-1558), consulté par Catherine de Médicis. \ **2.** *Furtivement :* d'une manière discrète et rapide. \ **3.** Cet horoscope parodie la légende d'Œdipe, source de multiples tragédies grecques (et non pas de comédies…), mais s'inspire aussi de la tradition du roman picaresque, notamment l'*Histoire de Gil Blas de Santillane* (1715-1735) de Lesage. Le héros est le fils d'une femme de chambre et a vécu parmi des brigands. \ **4.** *Gouvernante :* désigne, entre autres, une femme chargée de s'occuper d'une personne seule. \ **5.** *On ne l'y voit pas :* seule mention du personnage de Marceline qui apparaîtra dans *Le Mariage*.

À l'instant, la plus touchante reconnaissance a lieu entre le médecin, la vieille et Figaro : *c'est vous ! c'est lui ! c'est toi ! c'est moi !* Quel coup de théâtre[1] ! Mais le fils, au désespoir de son innocente vivacité, fond en larmes et se donne un coup de rasoir, selon le sens du troisième vers :

Puis, tournant sur lui-même et le fer et le crime,
Il se frappe, et…

Quel tableau[2] ! En n'expliquant point si du rasoir il se coupe la gorge ou seulement le poil du visage, on voit que j'avais le choix de finir ma pièce au plus grand pathétique. Enfin, le docteur épouse la vieille, et Figaro, suivant la dernière leçon…

… devient heureux et légitime.

Quel dénouement ! Il ne m'en eût coûté qu'un sixième acte. Et quel sixième acte ! Jamais tragédie au Théâtre-Français… Il suffit. Reprenons ma pièce en l'état où elle a été jouée et critiquée. Lorsqu'on me reproche avec aigreur ce que j'ai fait, ce n'est pas l'instant de louer ce que j'aurais pu faire.

« La pièce est invraisemblable dans sa conduite », a dit encore le journaliste établi dans Bouillon avec approbation et privilège.

Invraisemblable ? Examinons cela par plaisir.

Son Excellence M. le comte Almaviva, dont j'ai depuis longtemps l'honneur d'être ami particulier, est un jeune seigneur, ou pour mieux dire était, car l'âge et les grands emplois en ont fait depuis un homme fort grave, ainsi que je

1. *Coup de théâtre :* péripétie inattendue. \ **2.** *Quel tableau :* quelle situation ! Dans le drame, un tableau est un choix esthétique et désigne un moment d'arrêt lors d'une scène créant une unité visuelle entre la disposition des personnages et l'arrangement des décors.

le suis devenu moi-même. Son Excellence était donc un jeune seigneur espagnol, vif, ardent, comme tous les amants de sa nation, que l'on croit froide et qui n'est que paresseuse.

Il s'était mis secrètement à la poursuite d'une belle personne qu'il avait entrevue à Madrid et que son tuteur a bientôt ramenée au lieu de sa naissance. Un matin qu'il se promenait sous ses fenêtres à Séville, où depuis huit jours il cherchait à s'en faire remarquer, le hasard conduisit au même endroit Figaro le barbier. « Ah ! le hasard ! dira mon critique, et si le hasard n'eût pas conduit ce jour-là le barbier dans cet endroit, que devenait la pièce ? – Elle eût commencé, mon frère, à quelque autre époque. – Impossible, puisque le tuteur, selon vous-même, épousait le lendemain. – Alors il n'y aurait pas eu de pièce, ou, s'il y en avait eu, mon frère, elle aurait été différente. Une chose est-elle invraisemblable, parce qu'elle était possible autrement ? »

Réellement, vous avez un peu d'humeur. Quand le cardinal de Retz[1] nous dit froidement : « Un jour j'avais besoin d'un homme ; à la vérité, je ne voulais qu'un fantôme ; j'aurais désiré qu'il fût petit-fils d'Henri le Grand[2], qu'il eût de longs cheveux blonds ; qu'il fût beau, bien fait, bien séditieux[3] ; qu'il eût le langage et l'amour des Halles[4] : et voilà que le hasard me fait rencontrer à Paris M. de Beaufort[5], échappé de la prison du Roi ; c'était justement l'homme qu'il me fallait. » Va-t-on dire au coadjuteur[6] : « Ah ! le hasard ! Mais si vous n'eussiez pas rencontré M. de Beaufort ? Mais ceci, mais cela… » ?

1. *Le cardinal de Retz* (1613-1679) : un des chefs de la Fronde, il est l'auteur de *Mémoires* célèbres dont Beaumarchais paraphrase ici un passage. \ 2. *Henri le Grand :* Henri IV. \ 3. *Séditieux :* porté à se révolter contre l'autorité. \ 4. *Des Halles :* du peuple, qui fréquente les Halles, le quartier de Paris où se tenait le marché. \ 5. *M. de Beaufort :* petit-fils d'Henri IV, surnommé « le Roi des Halles ». \ 6. *Coadjuteur :* surnom du cardinal de Retz. *Coadjuteur :* religieux adjoint au supérieur d'un couvent, d'une abbaye et destiné à lui succéder.

Le hasard donc conduisit en ce même endroit Figaro le barbier, beau diseur, mauvais poète, hardi musicien, grand fringueneur[1] de guitare et jadis valet de chambre du comte; établi dans Séville, y faisant avec succès des barbes, des romances et des mariages, y maniant également le fer du phlébotome et le piston[2] du pharmacien; la terreur des maris, la coqueluche[3] des femmes, et justement l'homme qu'il nous fallait. Et comme, en toute recherche, ce qu'on nomme passion n'est autre chose qu'un désir irrité par la contradiction, le jeune amant, qui n'eût peut-être eu qu'un goût de fantaisie pour cette beauté, s'il l'eût rencontrée dans le monde, en devient amoureux, parce qu'elle est enfermée, au point de faire l'impossible pour l'épouser.

Mais vous donner ici l'extrait[4] entier de la pièce, Monsieur, serait douter de la sagacité[5], de l'adresse avec laquelle vous saisirez le dessein de l'auteur, et suivrez le fil de l'intrigue, en la lisant. Moins prévenu que le journal de Bouillon, qui se trompe avec approbation et privilège sur toute la conduite de cette pièce, vous verrez que *tous les soins de l'amant ne sont pas destinés à remettre simplement une lettre*, qui n'est là qu'un léger accessoire à l'intrigue, mais bien à s'établir dans un fort défendu par la vigilance et le soupçon, surtout à tromper un homme qui, sans cesse éventant la manœuvre, oblige l'ennemi de se retourner assez lestement pour n'être pas désarçonné d'emblée.

Et lorsque vous verrez que tout le mérite du dénouement consiste en ce que le tuteur a fermé sa porte en donnant son

1. *Fringueneur:* néologisme formé sur « fringuer » (sautiller en dansant) et fringuant. Un « fringueneur » est donc un joueur virtuose, faisant beaucoup de mouvements, comme pour jouer du flamenco. \ **2.** *Phlébotome:* instrument du chirurgien servant à pratiquer les saignées. *Piston:* instrument utilisé pour faire des lavements. \ **3.** *Coqueluche:* objet d'un engouement contagieux. La *coqueluche* au sens premier est une maladie infectieuse et contagieuse, ce sens est sous-jacent puisque le paragraphe est ponctué de mots issus du vocabulaire médical. \ **4.** *L'extrait:* l'abrégé. \ **5.** *Sagacité:* finesse, vivacité d'esprit

passe-partout à Bazile, pour que lui seul et le notaire pussent entrer et conclure son mariage, vous ne laisserez pas[1] d'être étonné qu'un critique aussi équitable se joue de la confiance de son lecteur, ou se trompe au point d'écrire, et dans Bouillon encore : « Le comte s'est donné la peine de monter au balcon par une échelle avec Figaro, quoique la porte ne soit pas fermée. »

Enfin, lorsque vous verrez le malheureux tuteur, abusé par toutes les précautions qu'il prend pour ne le point être, à la fin forcé de signer au contrat du comte et d'approuver ce qu'il n'a pu prévenir, vous laisserez au critique à décider si ce tuteur était un *imbécile* de ne pas deviner une intrigue dont on lui cachait tout, lorsque lui critique, à qui l'on ne cachait rien, ne l'a pas devinée plus que le tuteur.

En effet, s'il l'eût bien conçue, aurait-il manqué de louer tous les beaux endroits de l'ouvrage ?

Qu'il n'ait point remarqué la manière dont le premier acte annonce et déploie avec gaieté tous les caractères de la pièce, on peut lui pardonner.

Qu'il n'ait pas aperçu quelque peu de comédie dans la grande scène du second acte[2], où malgré la défiance et la fureur du jaloux, la pupille parvient à lui donner le change sur une lettre remise en sa présence, et à lui faire demander pardon à genoux du soupçon qu'il a montré, je le conçois encore aisément.

Qu'il n'ait pas dit un seul mot de la scène de stupéfaction de Bazile au troisième acte[3], qui a paru si neuve au théâtre et a tant réjoui les spectateurs, je n'en suis point surpris du tout.

Passe encore qu'il n'ait pas entrevu l'embarras où l'auteur s'est jeté volontairement au dernier acte, en faisant avouer par la pupille à son tuteur que le comte avait dérobé la clef de la

1. *Vous ne laisserez pas :* vous ne manquerez pas. \ **2.** *Second acte :* II, 15. \ **3.** *Troisième acte :* III, 11.

jalousie ; et comment l'auteur s'en démêle en deux mots, et sort en se jouant de la nouvelle inquiétude qu'il a imprimée au spectateur[1]. C'est peu de chose en vérité.

Je veux bien qu'il ne lui soit pas venu à l'esprit que la pièce, une des plus gaies qui soient au théâtre, est écrite sans la moindre équivoque[2], sans une pensée, un seul mot dont la pudeur, même des petites loges[3], ait à s'alarmer, ce qui pourtant est bien quelque chose, Monsieur, dans un siècle où l'hypocrisie de la décence[4] est poussée presque aussi loin que le relâchement des mœurs. Très volontiers. Tout cela sans doute pouvait n'être pas digne de l'attention d'un critique aussi majeur.

Mais comment n'a-t-il pas admiré ce que tous les honnêtes gens n'ont pu voir sans répandre des larmes de tendresse et de plaisir ? je veux dire la piété filiale de ce bon Figaro, qui ne saurait oublier sa mère !

« Tu connais donc ce tuteur ? » lui dit le comte au premier acte. « Comme ma mère », répond Figaro[5]. Un avare aurait dit : « Comme mes poches ». Un petit-maître[6] eût répondu : « Comme moi-même ». Un ambitieux : « Comme le chemin de Versailles » ; et le journaliste de Bouillon : « Comme mon libraire[7] », les comparaisons de chacun se tirant toujours de l'objet intéressant. « Comme ma mère », a dit le fils tendre et respectueux !

Dans un autre endroit encore : « Ah ! vous êtes charmant ! » lui dit le tuteur[8]. Et ce bon, cet honnête garçon, qui pouvait

1. *De la nouvelle (…) spectateur :* le sentiment d'inquiétude est présent en IV, 3 et IV, 8. \ **2.** *Équivoque :* double sens d'un mot choisi qui se prête à des interprétations diverses, mauvais jeu de mot. \ **3.** *Loges* grillagées permettant de voir le spectacle sans être vu. Le théâtre étant condamné par l'Église, les dames de la société s'y cachaient. \ **4.** *Décence :* respect des normes morales et des convenances, notamment en matière sexuelle, dans la tenue, les actes et les paroles. \ **5.** Dans I, 4. \ **6.** *Petit-maître :* personnage mondain vaniteux, qui cherche toujours à suivre la mode, souvent représenté dans les pièces du XVIIIe siècle. \ **7.** *Libraire :* désigne alors un éditeur. *Le chemin de Versailles* est celui de la Cour où les courtisans cherchent à se faire une place. \ **8.** Dans III, 5.

gaiement assimiler cet éloge à tous ceux qu'il a reçus de ses maîtresses, en revient toujours à sa bonne mère, et répond à ce mot : « Vous êtes charmant ! – Il est vrai, monsieur, que ma mère me l'a dit autrefois. » Et le journal de Bouillon ne relève point de pareils traits ! Il faut avoir le cerveau bien desséché pour ne pas les voir, ou le cœur bien dur pour ne pas les sentir !

Sans compter mille autres finesses de l'Art répandues à pleines mains dans cet ouvrage. Par exemple, on sait que les comédiens ont multiplié chez eux les emplois [1] à l'infini : emplois de grande, moyenne et petite amoureuse ; emplois de grands, moyens et petits valets ; emplois de niais, d'important, de croquant [2], de paysan, de tabellion [3], de bailli [4] ; mais on sait qu'ils n'ont pas encore appointé celui de bâillant. Qu'a fait l'auteur pour former un comédien peu exercé au talent d'ouvrir largement la bouche au théâtre ? Il s'est donné le soin de lui rassembler dans une seule phrase toutes les syllabes bâillantes du français : « Rien… qu'en… l'en… en… ten… dant… parler [5] », syllabes en effet qui feraient bâiller un mort, et parviendraient à desserrer les dents même de l'envie !

En cet endroit admirable où pressé par les reproches du tuteur qui lui crie : « Que direz-vous à ce malheureux qui bâille et dort tout éveillé ? et l'autre qui depuis trois heures éternue à se faire sauter le crâne et jaillir la cervelle, que leur direz-vous ? » Le naïf barbier répond : « Eh parbleu ! je dirai à celui qui éternue : “Dieu vous bénisse !” et : “Va te coucher”, à celui qui bâille [6]. » Réponse en effet si juste, si chrétienne et si admirable, qu'un de ces fiers critiques, qui ont leurs entrées au paradis [7], n'a pu s'empêcher de s'écrier : « Diable ! l'auteur a dû rester au moins huit jours à trouver cette réplique ! »

1. *Emplois :* types de rôles. \ **2.** *Croquant :* terme péjoratif pour désigner un paysan. \ **3.** *Tabellion :* notaire. \ **4.** *Bailli :* officier qui rendait la justice au nom du roi ou d'un seigneur. \ **5.** Dans II, 6. \ **6.** Dans III, 5. \ **7.** *Paradis :* étage le plus élevé du théâtre. Le sens religieux du mot est aussi présent ici, avec une valeur ironique.

Et le journal de Bouillon, au lieu de louer ces beautés sans nombre, use encre et papier, approbation et privilège, à mettre un pareil ouvrage au-dessous même de la critique ! On me couperait le cou, Monsieur, que je ne saurais m'en taire.

N'a-t-il pas été jusqu'à dire, le cruel ! que, « pour ne pas voir expirer ce barbier sur le théâtre, il a fallu le mutiler, le changer, le refondre, l'élaguer, le réduire en quatre actes et purger d'un grand nombre de pasquinades [1], de calembours [2], de jeux de mots, en un mot, de bas comique [3] ».

À le voir ainsi frapper comme un sourd, on juge assez qu'il n'a pas entendu le premier mot de l'ouvrage qu'il décompose. Mais j'ai l'honneur d'assurer ce journaliste, ainsi que le jeune homme qui lui taille ses plumes et ses morceaux, que, loin d'avoir purgé la pièce d'aucun des *calembours, jeux de mots*, etc., qui lui eussent nui le premier jour, l'auteur a fait rentrer dans les actes restés au théâtre tout ce qu'il en a pu reprendre à l'acte au portefeuille [4] : tel un charpentier économe cherche, dans ses copeaux épars sur le chantier, tout ce qui peut servir à cheviller et boucher les moindres trous de son ouvrage.

Passerons-nous sous silence le reproche aigu qu'il fait à la jeune personne d'avoir « tous les défauts d'une fille mal élevée » ? Il est vrai que, pour échapper aux conséquences d'une telle imputation, il tente à la rejeter sur autrui, comme s'il n'en était pas l'auteur, en employant cette expression banale : « On trouve à la jeune personne », etc. On trouve !...

Que voulait-il donc qu'elle fît ? Quoi ? Qu'au lieu de se prêter aux vues d'un jeune amant très aimable et qui se trouve un homme de qualité, notre charmante enfant épousât le vieux podagre [5] médecin ? Le noble établissement qu'il lui destinait

1. *Pasquinades :* railleries. \ **2.** *Calembours :* jeux de mots. \ **3.** *Bas comique :* par opposition au comique élevé des grandes comédies en vers dont *Le Misanthrope* était emblématique. \ **4.** *À l'acte au portefeuille :* l'acte coupé et rangé dans l'étui, le dossier de l'auteur après la deuxième représentation. \ **5.** *Podagre :* malade atteint de la goutte.

là ! Et parce qu'on n'est pas de l'avis de Monsieur, on a « tous les défauts d'une fille mal élevée » !

En vérité, si le journal de Bouillon se fait des amis en France par la justesse et la candeur de ses critiques, il faut avouer qu'il en aura beaucoup moins au-delà des Pyrénées, et qu'il est surtout un peu bien dur pour les dames espagnoles.

Eh ! qui sait si Son Excellence Mme la comtesse Almaviva, l'exemple des femmes de son état et vivant comme un ange avec son mari, quoiqu'elle ne l'aime plus [1], ne se ressentira pas un jour des libertés qu'on se donne à Bouillon, sur elle, avec approbation et privilège ?

L'imprudent journaliste a-t-il au moins réfléchi que Son Excellence ayant, par le rang de son mari, le plus grand crédit dans les bureaux [2], eût pu lui faire obtenir quelque pension sur la *Gazette d'Espagne* ou la *Gazette* elle-même, et que dans la carrière qu'il embrasse il faut garder plus de ménagements [3] pour les femmes de qualité ? Qu'est-ce que cela me fait à moi ? L'on sent bien que c'est pour lui seul que j'en parle !

Il est temps de laisser cet adversaire, quoiqu'il soit à la tête des gens qui prétendent que, « n'ayant pu me soutenir en cinq actes, je me suis mis en quatre pour ramener le public ». Eh ! quand cela serait ? Dans un moment d'oppression, ne vaut-il pas mieux sacrifier un cinquième de son bien que de le voir aller tout entier au pillage ?

Mais ne tombez pas, cher lecteur… (Monsieur, veux-je dire), ne tombez pas, je vous prie, dans une erreur populaire qui ferait grand tort à votre jugement.

Ma pièce, qui paraît n'être aujourd'hui qu'en quatre actes, est réellement et de fait en cinq, qui sont le premier, le

1. Allusion à l'intrigue de *La Mère coupable*, le drame à venir, troisième pièce de la trilogie qui compose « le roman de la famille Almaviva ». \ **2.** *Bureaux :* il s'agit des bureaux de l'administration royale. \ **3.** *Ménagements :* manières d'agir avec beaucoup d'égards et de respect pour ne pas choquer.

deuxième, le troisième, le quatrième et le cinquième, à l'ordinaire.

Il est vrai que, le jour du combat, voyant les ennemis acharnés, le parterre ondulant, agité, grondant au loin comme les flots de la mer, et trop certain que ces mugissements sourds, précurseurs des tempêtes, ont amené plus d'un naufrage, je vins à réfléchir que beaucoup de pièces en cinq actes (comme la mienne), toutes très bien faites d'ailleurs (comme la mienne), n'auraient pas été au diable en entier (comme la mienne), si l'auteur eût pris un parti vigoureux (comme le mien).

« Le dieu des cabales est irrité », dis-je aux comédiens avec force :

Enfants ! un sacrifice est ici nécessaire.

Alors, faisant la part au Diable et déchirant mon manuscrit : « Dieu des siffleurs, moucheurs, cracheurs, tousseurs et perturbateurs, m'écriai-je, il te faut du sang ! Bois mon quatrième acte et que ta fureur s'apaise ! »

À l'instant vous eussiez vu ce bruit infernal qui faisait pâlir et broncher les acteurs, s'affaiblir, s'éloigner, s'anéantir, l'applaudissement lui succéder, et des bas-fonds du parterre un *bravo* général s'élever, en circulant jusqu'aux hauts bancs du paradis.

De cet exposé, Monsieur, il suit que ma pièce est restée en cinq actes, qui sont le premier, le deuxième, le troisième au théâtre, le quatrième au Diable[1] et le cinquième avec les trois premiers. Tel auteur même vous soutiendra que ce quatrième acte, qu'on n'y voit point, n'en est pas moins celui qui fait le plus de bien à la pièce, en ce qu'on ne l'y voit point.

1. *Au Diable:* l'expression signifie qu'il a disparu.

Laissons jaser[1] le monde; il me suffit d'avoir prouvé mon dire; il me suffit, en faisant mes cinq actes, d'avoir montré mon respect pour Aristote, Horace, Aubignac et les Modernes[2]; et d'avoir mis ainsi l'honneur de la règle à couvert.

Par le second arrangement, le Diable a son affaire; mon char n'en roule pas moins bien sans la cinquième roue, le public est content, je le suis aussi. Pourquoi le journal de Bouillon ne l'est-il pas? – Ah! pourquoi! C'est qu'il est bien difficile de plaire à des gens qui, par métier, doivent ne jamais trouver les choses gaies assez sérieuses, ni les graves assez enjouées.

Je me flatte, Monsieur, que cela s'appelle raisonner principes et que vous n'êtes pas mécontent de mon petit syllogisme.

Reste à répondre aux observations dont quelques personnes ont honoré le moins important des drames[3] hasardés depuis un siècle au théâtre.

Je mets à part les lettres écrites aux comédiens, à moi-même, sans signature et vulgairement appelées anonymes; on juge à l'âpreté[4] du style que leurs auteurs, peu versés dans la critique, n'ont pas assez senti qu'une mauvaise pièce n'est point une mauvaise action, et que telle injure, convenable à un méchant homme, est toujours déplacée à un méchant écrivain. Passons aux autres.

Des connaisseurs ont remarqué que j'étais tombé dans l'inconvénient de faire critiquer des usages français par un plaisant de Séville à Séville, tandis que la vraisemblance

1. *Jaser:* parler abondamment. \ **2.** *Aristote: cf.* note 8 p. 10 et 1 p. 38. La règle des cinq actes n'est pas chez Aristote mais elle est déjà présente chez Horace. *Abbé d'Aubignac* (1604-1676)*:* théoricien du théâtre classique français, il a écrit une *Pratique du théâtre* qui faisait encore autorité au XVIIIe siècle. Comme l'a indiqué Jean Goldzink dans son édition du *Barbier de Séville* (Paris, GF Flammarion, 2001, p. 63), les *Modernes* mentionnés ici ne désignent pas les adversaires des Classiques lors de la Querelle des Anciens et des Modernes (1653-1715) mais les successeurs modernes des Anciens, comme Boileau. \ **3.** *Drames:* pièce de théâtre (et non ici « drame sérieux » dans la mesure où il est question du *Barbier.*) \ **4.** *Âpreté:* rudesse désagréable.

exigeait qu'il s'égayât sur les mœurs espagnoles. Ils ont raison ; j'y avais même tellement pensé que, pour rendre la vraisemblance encore plus parfaite, j'avais d'abord résolu d'écrire et de faire jouer la pièce en langage espagnol ; mais un homme de goût m'a fait observer qu'elle en perdrait peut-être un peu de sa gaieté pour le public de Paris, raison qui m'a déterminé à l'écrire en français ; en sorte que j'ai fait, comme on voit, une multitude de sacrifices à la gaieté, mais sans pouvoir parvenir à dérider le journal de Bouillon.

Un autre amateur, saisissant l'instant qu'il y avait beaucoup de monde au foyer[1], m'a reproché, du ton le plus sérieux, que ma pièce ressemblait à *On ne s'avise jamais de tout*[2]. « Ressembler, monsieur ! Je soutiens que ma pièce est *On ne s'avise jamais de tout*, lui-même.

– Et comment cela ? – C'est qu'on ne s'était pas encore avisé de ma pièce. » L'amateur resta court, et l'on en rit d'autant plus que celui-là qui me reprochait *On ne s'avise jamais de tout*, est un homme qui ne s'est jamais avisé de rien.

Quelques jours après, ceci est plus sérieux, chez une dame incommodée, un monsieur grave, en habit noir, coiffure bouffante et canne à corbin[3], lequel touchait légèrement le poignet de la dame, proposa civilement[4] plusieurs doutes sur la vérité des traits que j'avais lancés contre les médecins. « Monsieur, lui dis-je, êtes-vous ami de quelqu'un d'eux ? Je serais désolé qu'un badinage[5]... – On ne peut pas moins ; je vois que vous ne me connaissez pas, je ne prends jamais le parti d'aucun, je parle ici pour le corps en général. » Cela me fit beaucoup chercher quel homme ce pouvait être. « En fait de

1. *Foyer :* salle de théâtre ouverte aux spectateurs pendant les entractes où l'on fume et boit. \ **2.** *On ne s'avise jamais de tout :* opéra-comique de Sedaine (1761), musique de Monsigny. *S'aviser de quelque chose* signifie faire attention à quelque chose que l'on avait pas remarqué tout d'abord. \ **3.** *À corbin :* manche recourbé comme un bec de corbeau. \ **4.** *Civilement :* aimablement. \ **5.** *Badinage :* amusement.

plaisanterie, ajoutai-je, vous savez, monsieur, qu'on ne demande jamais si l'histoire est vraie, mais si elle est bonne. – Eh ! croyez-vous moins perdre à cet examen qu'au premier ? – À merveille, docteur, dit la dame. Le monstre qu'il est ! n'a-t-il pas osé parler mal aussi de nous ? Faisons cause commune. »

À ce mot de docteur, je commençai à soupçonner qu'elle parlait à son médecin. « Il est vrai, madame et monsieur, repris-je avec modestie, que je me suis permis ces légers torts, d'autant plus aisément qu'ils tirent moins à conséquence.

« Eh ! qui pourrait nuire à deux corps puissants, dont l'empire embrasse l'univers et se partage le monde ? Malgré les envieux, les belles y régneront toujours par le plaisir, et les médecins par la douleur, et la brillante santé nous ramène à l'Amour, comme la maladie nous rend à la médecine.

« Cependant, je ne sais si, dans la balance des avantages, la Faculté[1] ne l'emporte pas un peu sur la Beauté. Souvent on voit les belles nous renvoyer aux médecins ; mais plus souvent encore les médecins nous gardent et ne nous renvoient plus aux belles.

« En plaisantant donc, il faudrait peut-être avoir égard à la différence des ressentiments et songer que si les belles se vengent en se séparant de nous, ce n'est là qu'un mal négatif ; au lieu que les médecins se vengent en s'en emparant, ce qui devient très positif ;

« Que, quand ces derniers nous tiennent, ils font de nous tout ce qu'ils veulent ; au lieu que les belles, toutes belles qu'elles sont, n'en font jamais que ce qu'elles peuvent ;

« Que le commerce des belles nous les rend bientôt moins nécessaires ; au lieu que l'usage des médecins finit par nous les rendre indispensables ;

1. *Faculté :* la faculté de médecine, la médecine. *Les deux empires :* la médecine et l'amour.

« Enfin, que l'un de ces empires ne semble établi que pour assurer la durée de l'autre, puisque, plus la verte jeunesse est livrée à l'amour, plus la pâle vieillesse appartient sûrement à la médecine.

« Au reste, ayant fait contre moi cause commune, il était juste, madame et monsieur, que je vous offrisse en commun mes justifications. Soyez donc persuadés que, faisant profession d'adorer les belles et de redouter les médecins, c'est toujours en badinant que je dis du mal de la Beauté ; comme ce n'est jamais sans trembler que je plaisante un peu la Faculté.

« Ma déclaration n'est point suspecte à votre égard, mesdames, et mes plus acharnés ennemis sont forcés d'avouer que, dans un instant d'humeur où mon dépit contre une belle allait s'épancher trop librement sur toutes les autres, on m'a vu m'arrêter tout court au vingt-cinquième couplet, et, par le plus prompt repentir, faire ainsi, dans le vingt-sixième, amende honorable[1] aux belles irritées :

Sexe charmant, si je décèle
Votre cœur en proie au désir,
Souvent à l'amour infidèle,
Mais toujours fidèle au plaisir,
D'un badinage, ô mes déesses !
Ne cherchez point à vous venger :
Tel glose[2]*, hélas ! sur vos faiblesses*
Qui brûle de les partager[3].

« Quant à vous, monsieur le docteur, on sait assez que

1. *Amende honorable :* peine infamante qui, sous l'Ancien Régime, obligeait le coupable à reconnaître publiquement son crime et à demander pardon. \ **2.** *Tel glose :* « Untel critique, hélas ! vos faiblesses/, et brûle de les partager. » \ **3.** *Qui brûle de les partager :* dernière strophe de *La Galerie des dames du siècle passé*, poème de Beaumarchais. Il cite dans la suite de la *Lettre* l'avant-dernier couplet.

Molière… – Au désespoir, dit-il en se levant, de ne pouvoir profiter plus longtemps de vos lumières : mais l'humanité qui gémit ne doit pas souffrir de mes plaisirs. » Il me laissa, ma foi, la bouche ouverte avec ma phrase en l'air. « Je ne sais pas, dit la belle malade en riant, si je vous pardonne ; mais je vois bien que notre docteur ne vous pardonne pas. – Le nôtre, madame ? Il ne sera jamais le mien. – Eh ! pourquoi ? – Je ne sais ; je craindrais qu'il ne fût au-dessous de son état, puisqu'il n'est pas au-dessus des plaisanteries qu'on en peut faire.

« Ce docteur n'est pas de mes gens. L'homme assez consommé[1] dans son art pour en avouer de bonne foi l'incertitude, assez spirituel pour rire avec moi de ceux qui le disent infaillible, tel est mon médecin. En me rendant ses soins qu'ils appellent des visites, en me donnant ses conseils qu'ils nomment des ordonnances, il remplit dignement et sans faste la plus noble fonction d'une âme éclairée et sensible. Avec plus d'esprit, il calcule plus de rapports, et c'est tout ce qu'on peut dans un art aussi utile qu'incertain. Il me raisonne, il me console, il me guide, et la nature fait le reste. Aussi, loin de s'offenser de la plaisanterie, est-il le premier à l'opposer au pédantisme[2]. À l'infatué qui lui dit gravement : “De quatre-vingts fluxions de poitrine[3] que j'ai traitées cet automne, un seul malade a péri dans mes mains”, mon docteur répond en souriant : “Pour moi, j'ai prêté mes secours à plus de cent cet hiver ; hélas ! je n'en ai pu sauver qu'un seul.” Tel est mon aimable[4] médecin. Je le connais. Vous permettez bien que je ne l'échange pas contre le vôtre. Un pédant n'aura pas plus ma confiance en maladie[5] qu'une bégueule[6] n'obtiendrait

1. *Consommé :* accompli, parfait. \ **2.** *Pédantisme :* caractère de celui qui fait lourdement étalage de son savoir. *Infatué :* prétentieux. \ **3.** *Fluxions de poitrine :* inflammation de la paroi thoracique, de la plèvre et du poumon qui se soignait difficilement au XVIIIe siècle. \ **4.** *Aimable :* digne d'être aimé. \ **5.** *Ma confiance en maladie :* quand je serai malade. \ **6.** *Bégueule :* femme d'une délicatesse ou d'une pruderie excessive et affectée.

mon hommage en santé[1]. Mais je ne suis qu'un sot. Au lieu de vous rappeler mon amende honorable au beau sexe, je devais lui chanter le couplet de la bégueule ; il est tout fait pour lui.

Pour égayer ma poésie,
Au hasard j'assemble des traits ;
J'en fais, peintre de fantaisie,
Des tableaux, jamais des portraits.
La femme d'esprit, qui s'en moque,
Sourit finement à l'auteur ;
Pour l'imprudente qui s'en choque,
Sa colère est son délateur[2].

– À propos de chanson, dit la dame, vous êtes bien honnête d'avoir été donner votre pièce aux Français[3] ! moi qui n'ai de petite loge qu'aux Italiens[4] ! Pourquoi n'en avoir pas fait un opéra-comique ? Ce fut, dit-on, votre première idée. La pièce est d'un genre à comporter de la musique.

– Je ne sais si elle est propre à la supporter, ou si je m'étais trompé d'abord en le supposant ; mais sans entrer dans les raisons qui m'ont fait changer d'avis, celle-ci, madame, répond à tout :

« Notre musique dramatique[5] ressemble trop encore à notre musique chansonnière pour en attendre un véritable intérêt ou de la gaieté franche. Il faudra commencer à l'employer sérieusement au théâtre quand on sentira bien

1. *En santé :* quand je serai en bonne santé. \ **2.** *Sa colère est son délateur :* c'est sa colère qui la dénonce (parce qu'elle se sent visée). \ **3.** *Aux Français :* aux acteurs de la Comédie-Française. \ **4.** *Italiens :* les comédiens-italiens, expulsés en 1697 par Louis XIV, sont revenus après sa mort en 1715. Mais en 1775, leur troupe survit difficilement car ils sont en concurrence avec l'Opéra-Comique. L'interlocutrice de Beaumarchais lui reproche de ne pas avoir mêlé dialogues et chants comme dans un opéra-comique, or c'est ce qu'il souhaitait écrire originellement. \ **5.** *Notre musique dramatique :* la musique française d'opéra et d'opéra-comique.

qu'on ne doit y chanter que pour parler[1] ; quand nos musiciens se rapprocheront de la nature, et surtout cesseront de s'imposer l'absurde loi de toujours revenir à la première partie d'un air après qu'ils en ont dit la seconde. Est-ce qu'il y a des reprises et des rondeaux dans un drame[2] ? Ce cruel radotage est la mort de l'intérêt et dénote un vide insupportable dans les idées. »

Moi qui ai toujours chéri la musique sans inconstance et même sans infidélité, souvent, aux pièces qui m'attachent le plus, je me surprends à pousser de l'épaule, à dire tout bas avec humeur : « Eh ! va donc, musique ! pourquoi toujours répéter ? N'es-tu pas assez lente ? Au lieu de narrer vivement, tu rabâches ! au lieu de peindre la passion, tu t'accroches aux mots ! Le poète se tue à serrer l'événement, et toi tu le délayes ! Que lui sert de rendre son style énergique et pressé, si tu l'ensevelis sous d'inutiles fredons[3] ? Avec ta stérile abondance, reste, reste aux chansons pour toute nourriture, jusqu'à ce que tu connaisses le langage sublime et tumultueux des passions. »

En effet, si la déclamation[4] est déjà un abus de la narration au théâtre, le chant, qui est un abus de la déclamation, n'est donc, comme on voit, que l'abus de l'abus. Ajoutez-y la répétition des phrases et voyez ce que devient l'intérêt. Pendant que le vice ici va toujours en croissant, l'intérêt marche à sens contraire ; l'action s'alanguit ; quelque chose me manque ; je deviens distrait ; l'ennui me gagne ; et si je cherche alors à deviner ce que je voudrais, il m'arrive souvent de trouver que je voudrais la fin du spectacle.

1. *On ne doit y chanter que pour parler :* le chant ne devait pas être une fin en soi, mais devait être au service des idées. \ **2.** *Des reprises et des rondeaux :* poèmes mis en musique dont le premier vers fait retour. *Drame :* ici pièce de théâtre. \ **3.** *Fredons :* variations, ornements musicaux. Beaumarchais ne recherche pas la virtuosité musicale. \ **4.** *La déclamation :* le jeu classique reposait sur une modulation des vers qui approchait leur mélodie de celle d'un chant. Les théoriciens du drame s'opposaient à ce caractère incantatoire et défendaient une esthétique du naturel.

Il est un autre art d'imitation[1], en général beaucoup moins avancé que la musique, mais il semble en ce point lui servir de leçon. Pour la variété seulement, la danse élevée[2] est déjà le modèle du chant.

Voyez le superbe Vestris ou le fier d'Auberval[3] engager un pas de caractère. Il ne danse pas encore ; mais, d'aussi loin qu'il paraît, son port libre et dégagé fait déjà lever la tête aux spectateurs. Il inspire autant de fierté qu'il promet de plaisirs. Il est parti... Pendant que le musicien redit vingt fois ses phrases et monotone[4] ses mouvements, le danseur varie les siens à l'infini.

Le voyez-vous s'avancer légèrement à petits bonds, reculer à grands pas et faire oublier le comble de l'art par la plus ingénieuse négligence ? Tantôt sur un pied, gardant le plus savant équilibre, et suspendu sans mouvement pendant plusieurs mesures, il étonne, il surprend par l'immobilité de son aplomb... Et soudain, comme s'il regrettait le temps de repos, il part comme un trait, vole au fond du théâtre, et revient, en pirouettant, avec une rapidité que l'œil peut suivre à peine.

L'air a beau recommencer, rigaudonner[5], se répéter, se radoter[6], il ne se répète point, lui ! Tout en déployant les mâles beautés d'un corps souple et puissant, il peint les mouvements violents dont son âme est agitée ; il vous lance un regard passionné que ses bras mollement ouverts rendent

---

1. *Art d'imitation :* à partir d'Aristote, le théâtre a été défini comme un art qui imite les actions humaines. \ **2.** *La danse élevée :* ou « danse par haut », avec des bonds et des entrechats, s'oppose à la danse de bal, ou « danse par bas » dans laquelle les pieds restent au sol. La première est réservée aux danseurs de l'Opéra. \ **3.** *Vestris* (1729-1808), *d'Auberval* (1742-1806) *:* danseurs de l'Opéra. \ **4.** *Monotone :* néologisme (emploi verbal à partir de l'adjectif correspondant) de Beaumarchais qui signifie « accomplir de manière monotone ». \ **5.** *Rigaudonner :* néologisme formé sur « rigaudon », une danse rapide qui se dansait sans changer de place. \ **6.** *Se radoter :* l'emploi pronominal de « radoter » (au sens de « se répéter ») est une innovation de Beaumarchais.

plus expressif ; et, comme s'il se lassait bientôt de vous plaire, il se relève avec dédain, se dérobe à l'œil qui le suit, et la passion la plus fougueuse semble alors naître et sortir de la plus douce ivresse. Impétueux, turbulent, il exprime la colère si bouillante et si vraie qu'il m'arrache à mon siège et me fait froncer le sourcil. Mais, reprenant soudain le geste et l'accent d'une volupté paisible, il erre nonchalamment avec une grâce, une mollesse, et des mouvements si délicats qu'il enlève autant de suffrages qu'il y a de regards attachés sur sa danse enchanteresse.

Compositeurs ! chantez comme il danse, et nous aurons, au lieu d'opéras, des mélodrames[1] ! Mais j'entends mon éternel censeur (je ne sais plus s'il est d'ailleurs ou de Bouillon), qui me dit : « Que prétend-on par ce tableau ? Je vois un talent supérieur, et non la danse en général. C'est dans sa marche ordinaire qu'il faut saisir un art pour le comparer, et non dans ses efforts les plus sublimes. N'avons-nous pas… »

Je l'arrête à mon tour. Eh quoi ! si je veux peindre un coursier et me former une juste idée de ce noble animal, irai-je le chercher hongre[2] et vieux, gémissant au timon[3] du fiacre, ou trottinant sous le plâtrier qui siffle ? Je le prends au haras, fier étalon, vigoureux, découplé[4], l'œil ardent, frappant la terre et soufflant le feu par les naseaux, bondissant de désirs et d'impatience, ou fendant l'air, qu'il électrise, et dont le brusque hennissement réjouit l'homme et fait tressaillir toutes les cavales[5] de la contrée. Tel est mon danseur.

Et quand je crayonne un art, c'est parmi les plus grands sujets qui l'exercent que j'entends choisir mes modèles ; tous les efforts du génie… Mais je m'éloigne trop de mon sujet ;

1. *Mélodrames :* terme récent à l'époque qui ne désigne pas encore le genre théâtral qui n'apparaîtra qu'à la fin du siècle mais un drame sérieux accompagné de musique. \ **2.** *Hongre :* cheval castré. \ **3.** *Timon :* barre à laquelle est attelé le cheval. \ **4.** *Découplé :* vigoureux. \ **5.** *Cavales :* juments (terme poétique).

revenons au *Barbier de Séville*… ou plutôt, Monsieur, n'y revenons pas. C'est assez pour une bagatelle[1]. Insensiblement je tomberais dans le défaut reproché trop justement à nos Français, de toujours faire de petites chansons sur les grandes affaires, et de grandes dissertations sur les petites.

Je suis, avec le plus profond respect,
Monsieur,
Votre humble et très obéissant serviteur,

L'AUTEUR.

1. *Bagatelle :* acte, parole, écrit de faible valeur, et plus généralement toute chose frivole ne méritant pas qu'on lui accorde une grande importance.

LE BARBIER DE SÉVILLE
ou
La Précaution inutile

Comédie en quatre actes en prose

Personnages

LE COMTE ALMAVIVA, grand d'Espagne, amant[1] inconnu de Rosine.

BARTHOLO, médecin, tuteur de Rosine.

ROSINE, jeune personne d'extraction noble et pupille de Bartholo.

FIGARO, barbier de Séville.

DON BAZILE, organiste[2], maître à chanter de Rosine.

LA JEUNESSE, vieux domestique de Bartholo.

L'ÉVEILLÉ, autre valet de Bartholo, garçon niais et endormi.

UN NOTAIRE.

UN ALCADE[3], homme de justice.

PLUSIEURS ALGUAZILS[4] ET VALETS avec des flambeaux.

(Les habits des acteurs doivent
être dans l'ancien costume espagnol[5].)

---

1. *Amant :* personne qui aime, amoureux. \ **2.** *Organiste :* musicien qui joue de l'orgue. \ **3.** *Alcade :* nom donné autrefois à certains juges espagnols. \ **4.** *Alguazils :* fonctionnaire subalterne de justice en Espagne. \ **5.** *Ancien costume espagnol :* ce costume composé entre autres d'une cape et d'un chapeau à larges bords retombant sur les yeux a été interdit en 1766. Beaumarchais avait pu l'observer lors de son voyage en Espagne en 1764-1765.

LE COMTE ALMAVIVA, grand d'Espagne, amant inconnu de Rosine, paraît au premier acte en veste et culotte de satin ; il est enveloppé d'un grand manteau brun, ou cape espagnole ; chapeau noir rabattu, avec un ruban de couleur autour de la forme. Au deuxième acte : habit uniforme[1] de cavalier avec des moustaches et des bottines. Au troisième, habillé en bachelier[2] ; cheveux ronds, grande fraise[3] au cou ; veste, culotte, bas et manteau d'abbé. Au quatrième acte, il est vêtu superbement à l'espagnole avec un riche manteau ; par-dessus tout, le large manteau brun dont il se tient enveloppé.

BARTHOLO, médecin, tuteur de Rosine : habit noir, court, boutonné ; grande perruque ; fraise et manchettes relevées ; une ceinture noire ; et quand il veut sortir de chez lui, un long manteau écarlate[4].

ROSINE, jeune personne d'extraction noble, et pupille de Bartholo : habillée à l'espagnole.

FIGARO, barbier de Séville : en habit de majo[5] espagnol. La tête couverte d'une rescille, ou filet ; chapeau blanc, ruban de couleur autour de la forme ; un fichu de soie, attaché fort lâche à son cou ; gilet et haut-de-chausse de satin, avec des boutons et boutonnières frangés d'argent ; une grande ceinture de soie ; les jarretières nouées avec des glands[6] qui pendent sur chaque jambe ; veste de couleur tranchante, à grands revers de la couleur du gilet ; bas blancs et souliers gris.

DON BAZILE, organiste, maître à chanter de Rosine : chapeau noir rabattu, soutanelle[7] et long manteau, sans fraise ni manchettes.

1. *Habit uniforme :* uniforme militaire. \ 2. *Bachelier :* étudiant. Personnage typique du roman picaresque, présent notamment dans les œuvres de Lesage et de Cervantès. \ 3. *Fraise :* grand col plissé porté aux XVIe et XVIIe siècles. \ 4. *Écarlate :* rouge vif. \ 5. *Majo :* élégant. \ 6. *Glands :* ornement de bois, de verre ou de métal ayant la forme d'un gland, souvent terminé par des galons pendants. \ 7. *Soutanelle :* soutane s'arrêtant aux genoux. Bazile n'est pas prêtre mais son statut d'organiste le rattache à l'Église.

LA JEUNESSE, vieux domestique de Bartholo.

L'ÉVEILLÉ[1], autre valet de Bartholo, garçon niais et endormi. Tous deux habillés en Galiciens[2]; tous les cheveux dans la queue; gilet couleur de chamois[3]; large ceinture de peau avec une boucle; culotte bleue et veste de même, dont les manches, ouvertes aux épaules pour le passage des bras, sont pendantes par derrière.

UN NOTAIRE.

UN ALCADE, homme de justice, avec une longue baguette blanche à la main.

PLUSIEURS ALGUAZILS ET VALETS avec des flambeaux.

La scène est à Séville, dans la rue et sous les fenêtres de Rosine, au premier acte, et le reste de la pièce dans la maison du docteur Bartholo.

1. *L'Éveillé* comme *La Jeunesse* sont des noms qui dénotent l'inspiration farcesque. \ **2.** *Galiciens :* habitants de la Galice, province située à l'extrême ouest de l'Espagne. \ **3.** *Chamois :* couleur jaune clair proche du beige qui rappelle la teinte d'une peau de chamois.

Acte premier

Le théâtre représente une rue de Séville,
où toutes les croisées[1] *sont grillées.*

Scène première

LE COMTE, *seul, en grand manteau brun et chapeau rabattu. Il tire sa montre en se promenant.*

Le jour est moins avancé que je ne croyais. L'heure à laquelle elle a coutume de se montrer derrière sa jalousie[2] est encore éloignée. N'importe ; il vaut mieux arriver trop tôt que de manquer l'instant de la voir. Si quelque aimable de la cour pouvait me deviner à cent lieues de Madrid, arrêté tous les matins sous les fenêtres d'une femme à qui je n'ai jamais parlé, il me prendrait pour un Espagnol du temps d'Isabelle[3]. Pourquoi non ? Chacun court après le bonheur. Il est pour moi dans le cœur de Rosine. Mais quoi ! suivre une femme à Séville, quand Madrid et la cour offrent de toutes parts des plaisirs si faciles ? Et c'est cela même que je fuis. Je suis las des conquêtes que l'intérêt, la convenance ou la vanité nous présentent sans cesse. Il est si doux d'être

1. *Les croisées :* les fenêtres. \ 2. *Jalousie :* treillis de fer ou de bois qui couvre une fenêtre et permet de voir sans être vu. \ 3. *Isabelle :* Isabelle la Catholique (1451-1504), protectrice de Christophe Colomb. Le comte considère que sa conduite amoureuse relève d'une époque révolue, romanesque, qui s'oppose au libertinage contemporain.

aimé pour soi-même ; et si je pouvais m'assurer sous ce déguisement… Au diable l'importun[1] !

Scène 2

FIGARO, LE COMTE, *caché.*

Figaro, *une guitare sur le dos attachée en bandoulière avec un large ruban ; il chantonne gaiement, un papier et un crayon à la main :*

Bannissons le chagrin,
Il nous consume :
Sans le feu du bon vin,
Qui nous rallume,
Réduit à languir,
L'homme, sans plaisir,
Vivrait comme un sot,
Et mourrait bientôt.

Jusque-là ceci ne va pas mal, hein, hein !

… Et mourrait bientôt.
Le vin et la paresse
Se disputent mon cœur…

Eh non ! ils ne se le disputent pas, ils y règnent paisiblement ensemble…

Se partagent… mon cœur.

1. *Importun :* personne dont la présence n'est pas souhaitée.

Dit-on « se partagent » ?… Eh ! mon Dieu, nos faiseurs d'opéras-comiques n'y regardent pas de si près. Aujourd'hui, ce qui ne vaut pas la peine d'être dit, on le chante. *(Il chante.)*

Le vin et la paresse
Se partagent mon cœur…

Je voudrais finir par quelque chose de beau, de brillant, de scintillant, qui eût l'air d'une pensée. *(Il met un genou en terre et écrit en chantant.)*

Se partagent mon cœur.
Si l'une a ma tendresse…
L'autre fait mon bonheur.

Fi donc ! c'est plat. Ce n'est pas ça… Il me faut une opposition, une antithèse :

Si l'une… est ma maîtresse,
L'autre…

Eh ! parbleu, j'y suis !…

L'autre est mon serviteur.

Fort bien, Figaro !… *(Il écrit en chantant.)*

Le vin et la paresse
Se partagent mon cœur ;
Si l'une est ma maîtresse,
L'autre est mon serviteur,
L'autre est mon serviteur,
L'autre est mon serviteur.

Hein, hein, quand il y aura des accompagnements là-dessous, nous verrons encore, messieurs de la cabale[1], si je ne sais ce que je dis. *(Il aperçoit le comte.)* J'ai vu cet abbé-là quelque part.

Il se relève.

LE COMTE, *à part.* – Cet homme ne m'est pas inconnu.

FIGARO. – Eh non, ce n'est pas un abbé ! Cet air altier et noble…

LE COMTE. – Cette tournure grotesque[2]…

FIGARO. – Je ne me trompe point ; c'est le comte Almaviva.

LE COMTE. – Je crois que c'est ce coquin de Figaro.

FIGARO. – C'est lui-même, monseigneur.

LE COMTE. – Maraud[3] ! si tu dis un mot…

FIGARO. – Oui, je vous reconnais ; voilà les bontés familières dont vous m'avez toujours honoré.

LE COMTE. – Je ne te reconnaissais pas, moi. Te voilà si gros et si gras…

FIGARO. – Que voulez-vous, monseigneur, c'est la misère.

LE COMTE. – Pauvre petit ! Mais que fais-tu à Séville ? Je t'avais autrefois recommandé dans les bureaux pour un emploi.

FIGARO. – Je l'ai obtenu, monseigneur, et ma reconnaissance…

LE COMTE. – Appelle-moi Lindor[4]. Ne vois-tu pas, à mon déguisement, que je veux être inconnu ?

FIGARO. – Je me retire.

LE COMTE. – Au contraire. J'attends ici quelque chose ; et deux hommes qui jasent[5] sont moins suspects qu'un seul qui se promène. Ayons l'air de jaser. Eh bien, cet emploi ?

1. *Cabale :* manœuvres secrètes et collectives menées contre un auteur en vue de provoquer l'échec d'une pièce. \ **2.** *Grotesque :* qui prête à rire par son côté invraisemblable, excentrique. \ **3.** *Maraud :* injure qui s'emploie pour désigner un homme du peuple. \ **4.** *Lindor :* nom de théâtre qui désigne par convention un amoureux, le comte se donne à lui-même un nom de comédie. \ **5.** *Jasent :* parlent abondamment.

FIGARO. – Le ministre, ayant égard à la recommandation de Votre Excellence, me fit nommer sur-le-champ garçon apothicaire.

LE COMTE. – Dans les hôpitaux de l'armée ?

FIGARO. – Non ; dans les haras d'Andalousie.

LE COMTE, *riant.* – Beau début !

FIGARO. – Le poste n'était pas mauvais ; parce qu'ayant le district des pansements et des drogues, je vendais souvent aux hommes de bonnes médecines de cheval…

LE COMTE. – Qui tuaient les sujets du roi !

FIGARO. – Ah ! ah ! il n'y a point de remède universel ; mais qui n'ont pas laissé de guérir quelquefois des Galiciens, des Catalans [1], des Auvergnats.

LE COMTE. – Pourquoi donc l'as-tu quitté ?

FIGARO. – Quitté ? C'est bien lui-même ; on m'a desservi auprès des Puissances.

L'envie aux doigts crochus, au teint pâle et livide [2]…

LE COMTE. – Oh grâce ! grâce, ami ! Est-ce que tu fais aussi des vers ? Je t'ai vu là griffonnant sur ton genou, et chantant dès le matin.

FIGARO. – Voilà précisément la cause de mon malheur, Excellence. Quand on a rapporté au ministre que je faisais, je puis dire assez joliment, des bouquets à Chloris [3], que j'envoyais des énigmes [4] aux journaux, qu'il courait des madrigaux [5] de ma façon ; en un mot, quand il a su que j'étais imprimé tout

1. *Catalans :* habitants de la Catalogne, province située au nord-est de l'Espagne. \ 2. Pastiche d'un vers la *Henriade* (1723) de Voltaire, épopée célèbre à l'époque : « La sombre jalousie au teint pâle et livide » (chant IX, v. 45). \ 3. *Des bouquets à Chloris :* poèmes, vers rassemblés en l'honneur d'une dame, souvent appelée Chloris par fidélité à la tradition poétique. \ 4. *Énigmes :* devinettes qui remportaient alors un grand succès, surtout dans les journaux. \ 5. *Madrigaux :* brève poésie galante adressée à une femme qui comporte le plus souvent un trait d'esprit.

vif, il a pris la chose au tragique, et m'a fait ôter mon emploi, sous prétexte que l'amour des lettres est incompatible avec l'esprit des affaires.

LE COMTE. – Puissamment raisonné ! et tu ne lui fis pas représenter[1]...

FIGARO. – Je me crus trop heureux d'en être oublié[2] ; persuadé qu'un Grand nous fait assez de bien quand il ne nous fait pas de mal[3].

LE COMTE. – Tu ne dis pas tout. Je me souviens qu'à mon service tu étais un assez mauvais sujet.

FIGARO. – Eh ! mon Dieu, monseigneur, c'est qu'on veut que le pauvre soit sans défaut.

LE COMTE. – Paresseux, dérangé[4]...

FIGARO. – Aux vertus qu'on exige dans un domestique, Votre Excellence connaît-elle beaucoup de maîtres qui fussent dignes d'être valets ?

LE COMTE, *riant.* – Pas mal. Et tu t'es retiré en cette ville ?

FIGARO. – Non pas tout de suite.

LE COMTE, *l'arrêtant.* – Un moment... J'ai cru que c'était elle... Dis toujours, je t'entends de reste.

FIGARO. – De retour à Madrid, je voulus essayer de nouveau mes talents littéraires, et le théâtre me parut un champ d'honneur...

LE COMTE. – Ah ! miséricorde !

FIGARO *(Pendant sa réplique, le comte regarde avec attention du côté de la jalousie.).* – En vérité, je ne sais comment je n'eus pas le plus grand succès, car j'avais rempli le parterre des plus excellents travailleurs ; des mains... comme des battoirs[5] !

---

1. *Représenter :* objecter. \ **2.** *D'en être oublié :* d'être oublié de lui. Le pronom « en » peut représenter un être animé dans la langue du XVIIIe siècle. \ **3.** Écho d'une citation de Montaigne *:* « Les princes [...] me font assez de bien quand ils ne me font pas de mal. » (*Essais*, III, 9, « De la vanité »). \ **4.** *Dérangé :* qui ne mène pas une vie rangée, stable. \ **5.** *Battoirs :* palette en bois au manche court, utilisée pour battre le linge.

J'avais interdit les gants, les cannes, tout ce qui ne produit que des applaudissements sourds ; et d'honneur, avant la pièce, le café[1] m'avait paru dans les meilleures dispositions pour moi. Mais les efforts de la cabale…

LE COMTE. – Ah ! la cabale ! monsieur l'auteur tombé[2] !

FIGARO. – Tout comme un autre. – pourquoi pas ? Ils m'ont sifflé ; mais si jamais je puis les rassembler…

LE COMTE. – L'ennui te vengera bien d'eux ?

FIGARO. – Ah ! comme je leur en garde, morbleu[3] !

LE COMTE. – Tu jures ! Sais-tu qu'on n'a que vingt-quatre heures au Palais pour maudire ses juges[4] ?

FIGARO. – On a vingt-quatre ans au théâtre ; la vie est trop courte pour user un pareil ressentiment.

LE COMTE. – Ta joyeuse colère me réjouit. Mais tu ne me dis pas ce qui t'a fait quitter Madrid.

FIGARO. – C'est mon bon ange, Excellence, puisque je suis assez heureux pour retrouver mon ancien maître. Voyant à Madrid que la république des Lettres[5] était celle des loups, toujours armés les uns contre les autres, et que, livrés au mépris où ce risible acharnement les conduit, tous les insectes, les moustiques, les cousins, les critiques, les maringouins[6], les envieux, les feuillistes[7], les libraires, les censeurs, et tout ce qui s'attache à la peau des malheureux gens de lettres, achevait de déchiqueter et sucer le peu de substance qui leur restait ; fatigué d'écrire, ennuyé de moi,

1. *Le café* : c'est-à-dire « les cafés », lieux en vogue depuis le XVIIe siècle, où avaient lieu des débats littéraires notamment entre acteurs, auteurs et critiques. \ 2. *L'auteur tombé* : auteur dont la pièce a été retirée de l'affiche. \ 3. *Comme je leur en garde* : comme je me vengerai. *Morbleu* : juron exprimant la colère, l'impatience. \ 4. *Pour maudire ses juges* : pour faire appel, c'est-à-dire pour contredire les juges. \ 5. *La république des Lettres* : la république des gens de lettres, censés être détachés du système monarchique fondé sur des privilèges héréditaires. \ 6. *Cousins* et *Maringouins* : espèce de moustiques. Attaque à peine voilée contre le censeur Marin qui avait pris parti contre Beaumarchais dans l'affaire Goëzman. \ 7. *Les feuillistes* : les journalistes. *Cf.* note 9 p. 12.

dégoûté des autres, abîmé de dettes[1] et léger d'argent ; à la fin convaincu que l'utile revenu du rasoir est préférable aux vains honneurs de la plume, j'ai quitté Madrid, et, mon bagage en sautoir[2], parcourant philosophiquement les deux Castilles, la Manche, l'Estramadure, la Sierra Morena, l'Andalousie[3] ; accueilli dans une ville, emprisonné dans l'autre, et partout supérieur aux événements ; loué par ceux-ci, blâmé[4] par ceux-là ; aidant au bon temps, supportant le mauvais ; me moquant des sots, bravant les méchants ; riant de ma misère et faisant la barbe à tout le monde[5] ; vous me voyez enfin établi dans Séville, et prêt à servir de nouveau Votre Excellence en tout ce qu'il lui plaira de m'ordonner.

LE COMTE. – Qui t'a donné une philosophie aussi gaie ?

FIGARO. – L'habitude du malheur. Je me presse de rire de tout, de peur d'être obligé d'en pleurer. Que regardez-vous donc toujours de côté ?

LE COMTE. – Sauvons-nous.

FIGARO. – Pourquoi ?

LE COMTE. – Viens donc, malheureux ! tu me perds.

Ils se cachent.

1. *Abîmé de dettes :* rongé par les dettes. \ 2. *En sautoir :* autour du cou. \ 3. Énumérations de provinces espagnoles. L'*Andalousie* incarne l'Espagne dans les romans picaresques. Les picaros étaient condamnés à l'errance. \ 4. *Blâmé :* allusion au blâme infligé à Beaumarchais lors de l'affaire Goëzman. L'expression ne se trouve pas dans l'édition originale. \ 5. *Faire la barbe à tout le monde :* employé au sens propre : « tailler, raser la barbe » et au sens figuré : « l'emporter, avoir l'avantage » sur quelqu'un. Ce dernier sens, familier, proposé par le *TLF* et par le dictionnaire *Littré*, a peut-être un lien avec l'expression « faire quelque chose à la barbe de quelqu'un ». La cinquième édition du *Dictionnaire de l'Académie* de 1798 donne aussi « faire la barbe à quelqu'un » pour « exercer la supériorité sur lui ». Les éditions précédentes et les dictionnaires de Nicot et Féraud ne donnent pas ce sens – on peut supposer qu'il se développait à l'époque de Beaumarchais.

Scène 3

BARTHOLO, ROSINE (*La jalousie du premier étage s'ouvre, et Bartholo et Rosine se mettent à la fenêtre.*)

ROSINE. – Comme le grand air fait plaisir à respirer ! Cette jalousie s'ouvre si rarement…

BARTHOLO. – Quel papier tenez-vous là ?

ROSINE. – Ce sont des couplets de *La Précaution inutile*[1] que mon maître à chanter m'a donnés hier.

BARTHOLO. – Qu'est-ce que *La Précaution inutile ?*

ROSINE. – C'est une comédie nouvelle.

BARTHOLO. – Quelque drame[2] encore ! Quelque sottise d'un nouveau genre !

ROSINE. – Je n'en sais rien.

BARTHOLO. – Euh, euh ! les journaux et l'autorité nous en feront raison. Siècle barbare !…

ROSINE. – Vous injuriez toujours notre pauvre siècle.

BARTHOLO. – Pardon de la liberté, qu'a-t-il produit pour qu'on le loue ? Sottises de toute espèce : la liberté de penser, l'attraction, l'électricité, le tolérantisme, l'inoculation, le quinquina, l'Encyclopédie et les drames[3]…

---

1. *La Précaution inutile :* référence au sous-titre de la pièce. \ **2.** Note de l'auteur : « Bartholo n'aimait pas les drames. Peut-être avait-il fait quelque tragédie dans sa jeunesse. » \ **3.** *Sottises (…) les drames :* critiques des Lumières et de toutes leurs manifestations, notamment la « liberté de penser » et le « tolérantisme » (mot péjoratif, attitude de ceux qui pratiquent une tolérance religieuse au sein de l'État, jugée excessive par certains, comme Bartholo, en partie admise par la monarchie française depuis 1787 malgré l'opposition de l'Église). *L'attraction :* la loi de l'attraction universelle des corps célestes définie par Newton dans ses *Principia mathematica* (1687), qui fonde la physique moderne. L'inoculation : vaccination contre la variole datant de 1755. *Quinquina :* un arbre du Pérou dont l'écorce qui soigne la fièvre a été adoptée comme médicament depuis longtemps. L'*Encyclopédie ou Dictionnaire raisonné des arts, des sciences et des métiers* dont Diderot et d'Alembert furent les animateurs et les principaux rédacteurs, ouvrage qui incarne l'esprit des Lumières, rédigé entre 1751 et 1772, comporte 17 volumes de texte et 11 volumes de planches. Les drames sérieux ou drames bourgeois, dont le personnel n'appartenait pas à des cours princières, contrairement à celui des tragédies. Les œuvres de Diderot, notamment *Le Fils naturel* (1757), sont représentatives de cette esthétique.

ROSINE *(Le papier lui échappe et tombe dans la rue.).* – Ah! ma chanson! ma chanson est tombée en vous écoutant; courez, courez donc, monsieur; ma chanson! elle sera perdue!

BARTHOLO. – Que diable aussi, l'on tient ce qu'on tient.

Il quitte le balcon.

ROSINE *regarde en dedans et fait signe dans la rue.* – S't, s't, *(le comte paraît)* ramassez vite et sauvez-vous.

Le comte ne fait qu'un saut, ramasse le papier et rentre.

BARTHOLO *sort de la maison et cherche.* – Où donc est-il? Je ne vois rien.

ROSINE. – Sous le balcon, au pied du mur.

BARTHOLO. – Vous me donnez là une jolie commission! Il est donc passé quelqu'un?

ROSINE. – Je n'ai vu personne.

BARTHOLO, *à lui-même.* – Et moi qui ai la bonté de chercher... Bartholo, vous n'êtes qu'un sot, mon ami: ceci doit vous apprendre à ne jamais ouvrir de jalousies sur la rue.

Il rentre.

ROSINE, *toujours au balcon.* – Mon excuse est dans mon malheur: seule, enfermée, en butte à la persécution d'un homme odieux, est-ce un crime de tenter à sortir d'esclavage?

BARTHOLO, *paraissant au balcon.* – Rentrez, signora; c'est ma faute si vous avez perdu votre chanson, mais ce malheur ne vous arrivera plus, je vous jure.

Il ferme la jalousie à la clef.

Scène 4

LE COMTE, FIGARO *(Ils entrent avec précaution.)*

LE COMTE. – À présent qu'ils sont retirés, examinons cette chanson, dans laquelle un mystère est sûrement renfermé. C'est un billet !

FIGARO. – Il demandait ce que c'est que *La Précaution inutile* !

LE COMTE *lit vivement.* –« Votre empressement excite ma curiosité ; sitôt que mon tuteur sera sorti, chantez indifféremment, sur l'air connu de ces couplets, quelque chose qui m'apprenne enfin le nom, l'état et les intentions de celui qui paraît s'attacher si obstinément à l'infortunée Rosine. »

FIGARO, *contrefaisant la voix de Rosine.* – Ma chanson ! ma chanson est tombée ; courez, courez donc, *(il rit)* ah ! ah ! ah ! ah ! Oh ! ces femmes ! voulez-vous donner de l'adresse à la plus ingénue[1] ? enfermez-la.

LE COMTE. – Ma chère Rosine !

FIGARO. – Monseigneur, je ne suis plus en peine des motifs de votre mascarade[2] ; vous faites ici l'amour en perspective.

LE COMTE. – Te voilà instruit, mais si tu jases...

FIGARO. – Moi, jaser ! je n'emploierai point pour vous rassurer les grandes phrases d'honneur et de dévouement dont on abuse à la journée ; je n'ai qu'un mot : mon intérêt vous répond de moi ; pesez tout à cette balance et...

LE COMTE. – Fort bien. Apprends donc que le hasard m'a fait rencontrer au Prado[3], il y a six mois, une jeune personne d'une beauté... Tu viens de la voir !... Je l'ai fait chercher en vain par tout Madrid. Ce n'est que depuis peu de jours que j'ai découvert qu'elle s'appelle Rosine, est d'un sang noble,

1. *Ingénue :* qui manifeste une franchise innocente et naïve. \ **2.** *Mascarade :* déguisement. \ **3.** *Le Prado :* la plus célèbre promenade de Madrid.

orpheline et mariée[1] à un vieux médecin de cette ville, nommé Bartholo.

FIGARO. – Joli oiseau, ma foi ! difficile à dénicher ! Mais qui vous a dit qu'elle était femme du docteur ?

LE COMTE. – Tout le monde.

FIGARO. – C'est une histoire qu'il a forgée en arrivant de Madrid, pour donner le change aux galants[2] et les écarter ; elle n'est encore que sa pupille, mais bientôt…

LE COMTE, *vivement.* – Jamais[3]. Ah, quelle nouvelle ! J'étais résolu de tout oser pour lui présenter mes regrets, et je la trouve libre ! Il n'y a pas un moment à perdre, il faut m'en faire aimer, et l'arracher à l'indigne engagement qu'on lui destine. Tu connais donc ce tuteur ?

FIGARO. – Comme ma mère.

LE COMTE. – Quel homme est-ce ?

FIGARO, *vivement.* – C'est un beau, gros, court, jeune vieillard, gris pommelé[4], rusé, rasé, blasé, qui guette et furète et gronde et geint tout à la fois.

LE COMTE, *impatienté.* – Eh ! je l'ai vu. Son caractère ?

FIGARO. – Brutal, avare, amoureux et jaloux à l'excès de sa pupille, qui le hait à la mort.

LE COMTE. – Ainsi, ses moyens de plaire sont…

FIGARO. – Nuls.

LE COMTE. – Tant mieux. Sa probité[5] ?

FIGARO. – Tout juste autant qu'il en faut pour n'être point pendu.

LE COMTE. – Tant mieux. Punir un fripon en se rendant heureux…

---

1. Apparition rare dans le théâtre français du thème de l'adultère, fréquent dans le roman. \ **2.** *Galants :* expression issue du domaine de la chasse qui signifie « égarer les galants sur une fausse piste ». \ **3.** Jamais elle ne sera ma femme. \ **4.** *Gris pommelé :* tacheté de gris et de blanc (cet adjectif s'applique plutôt aux nuages ou aux chevaux). \ **5.** *Probité :* honnêteté.

Figaro. – C'est faire à la fois le bien public et particulier : chef-d'œuvre de morale, en vérité, monseigneur !

Le Comte. – Tu dis que la crainte des galants lui fait fermer sa porte ?

Figaro. – À tout le monde : s'il pouvait la calfeutrer…

Le Comte. – Ah ! diable ! tant pis. Aurais-tu de l'accès chez lui ?

Figaro. – Si j'en ai ? *Primo*, la maison que j'occupe appartient au docteur, qui m'y loge *gratis*.

Le Comte. – Ah ! ah !

Figaro. – Oui. Et moi, en reconnaissance, je lui promets dix pistoles par an, *gratis* aussi.

Le Comte, *impatienté.* – Tu es son locataire ?

Figaro. – De plus, son barbier, son chirurgien, son apothicaire ; il ne se donne pas dans sa maison un coup de rasoir, de lancette ou de piston[1], qui ne soit de la main de votre serviteur.

Le Comte *l'embrasse.* – Ah ! Figaro, mon ami, tu seras mon ange, mon libérateur, mon dieu tutélaire[2].

Figaro. – Peste ! comme l'utilité vous a bientôt rapproché les distances ! parlez-moi des gens passionnés !

Le Comte. Heureux Figaro ! tu vas voir ma Rosine ! tu vas la voir ! Conçois-tu ton bonheur ?

Figaro. – C'est bien là un propos d'amant ! Est-ce que je l'adore, moi ? Pussiez-vous prendre ma place !

Le Comte. – Ah ! si l'on pouvait écarter tous les surveillants !…

Figaro. – C'est à quoi je rêvais[3].

Le Comte. – Pour douze heures seulement !

Figaro. – En occupant les gens de leur propre intérêt, on les empêche de nuire à l'intérêt d'autrui.

Le Comte. – Sans doute. Eh bien ?

---

1. *Piston : cf.* note 2 p. 24. \ **2.** *Tutélaire :* protecteur. \ **3.** *Rêver :* (sens classique) réfléchir.

FIGARO, *rêvant.* – Je cherche dans ma tête si la pharmacie ne fournirait pas quelques petits moyens innocents…

LE COMTE. – Scélérat[1] !

FIGARO. – Est-ce que je veux leur nuire ? Ils ont tous besoin de mon ministère. Il ne s'agit que de les traiter ensemble.

LE COMTE. – Mais ce médecin peut prendre un soupçon.

FIGARO. – Il faut marcher si vite que le soupçon n'ait pas le temps de naître. Il me vient une idée !… Le régiment de Royal-Infant[2] arrive en cette ville.

LE COMTE. – Le colonel est de mes amis.

FIGARO. – Bon. Présentez-vous chez le docteur en habit de cavalier, avec un billet de logement[3] ; il faudra bien qu'il vous héberge ; et moi, je me charge du reste.

LE COMTE. – Excellent !

FIGARO. – Il ne serait même pas mal que vous eussiez l'air entre deux vins…

LE COMTE. – À quoi bon ?

FIGARO. – Et le mener un peu lestement sous cette apparence déraisonnable.

LE COMTE. – À quoi bon ?

FIGARO. – Pour qu'il ne prenne aucun ombrage, et vous croie plus pressé de dormir que d'intriguer[4] chez lui.

LE COMTE. – Supérieurement vu ! Mais que n'y vas-tu, toi ?

FIGARO. – Ah ! oui, moi ! Nous serons bien heureux s'il ne vous reconnaît pas, vous qu'il n'a jamais vu. Et comment vous introduire après ?

LE COMTE. – Tu as raison.

FIGARO. – C'est que vous ne pourrez peut-être pas soutenir[5] ce personnage difficile. Cavalier… pris de vin…

1. *Scélérat :* coquin. \ **2.** *Le régiment de Royal-Infant :* nom d'un régiment imaginaire, forgé sur le modèle des noms de régiment de l'époque tel que Royal-Français. \ **3.** *Un billet de logement :* les soldats en manœuvre logeaient chez l'habitant, sur réquisition. \ **4.** *Intriguer :* conduire des intrigues. \ **5.** *Soutenir :* jouer en continu et sans faiblir.

LE COMTE. – Tu te moques de moi. (*Prenant un ton ivre.*) N'est-ce pas ici la maison du docteur Bartholo, mon ami ?

FIGARO. – Pas mal, en vérité ; vos jambes seulement un peu plus avinées. (*D'un ton plus ivre.*) N'est-ce pas ici la maison…

LE COMTE. – Fi donc ! Tu as l'ivresse du peuple.

FIGARO. – C'est la bonne ; c'est celle du plaisir.

LE COMTE. – La porte s'ouvre.

FIGARO. – C'est notre homme : éloignons-nous jusqu'à ce qu'il soit parti.

Scène 5

LE COMTE *et* FIGARO *cachés*, BARTHOLO

BARTHOLO *sort en parlant à la maison.* – Je reviens à l'instant ; qu'on ne laisse entrer personne. Quelle sottise à moi d'être descendu ! Dès qu'elle[1] m'en priait, je devais bien me douter… Et Bazile qui ne vient pas ! Il devait tout arranger pour que mon mariage se fît secrètement demain ; et point de nouvelle ! Allons voir ce qui peut l'arrêter.

Scène 6

LE COMTE, FIGARO

LE COMTE. – Qu'ai-je entendu ? Demain il épouse Rosine en secret !

FIGARO. – Monseigneur, la difficulté de réussir ne fait qu'ajouter à la nécessité d'entreprendre.

1. *Dès qu'elle :* puisqu'elle.

LE COMTE. – Quel est donc ce Bazile qui se mêle de son mariage ?

FIGARO. – Un pauvre hère[1] qui montre la musique à sa pupille, infatué de son art, friponneau, besoigneux[2], à genoux devant un écu, et dont il sera facile de venir à bout, monseigneur… *(Regardant à la jalousie.)* La v'la ! la v'la !

LE COMTE. – Qui donc ?

FIGARO. – Derrière sa jalousie, la voilà ! la voilà ! Ne regardez pas, ne regardez donc pas !

LE COMTE. – Pourquoi ?

FIGARO. – Ne vous écrit-elle pas : « Chantez indifféremment ? » c'est-à-dire, chantez comme si vous chantiez… seulement pour chanter ? Oh ! la v'la ! la v'la !

LE COMTE. – Puisque j'ai commencé à l'intéresser sans être connu d'elle, ne quittons point le nom de Lindor que j'ai pris ; mon triomphe en aura plus de charmes. *(Il déploie le papier que Rosine a jeté.)* Mais comment chanter sur cette musique ? Je ne sais pas faire de vers, moi !

FIGARO. – Tout ce qui vous viendra, monseigneur, est excellent ; en amour, le cœur n'est pas difficile sur les productions de l'esprit… et prenez ma guitare.

LE COMTE. – Que veux-tu que j'en fasse ? j'en joue si mal !

FIGARO. – Est-ce qu'un homme comme vous ignore quelque chose ? Avec le dos de la main : from, from, from… Chanter sans guitare à Séville ! vous seriez bientôt reconnu, ma foi, bientôt dépisté !

Figaro se colle au mur sous le balcon.

LE COMTE *chante en se promenant et s'accompagnant sur sa guitare :*

---

1. *Pauvre hère :* homme très misérable. \ 2. *Besoigneux :* qui se trouve dans le besoin. Terme vieilli.

Premier couplet

Vous l'ordonnez, je me ferai connaître.
Plus inconnu, j'osais vous adorer :
En me nommant, que pourrais-je espérer ?
N'importe, il faut obéir à son maître.

FIGARO, *bas.* – Fort bien, parbleu ! Courage, monseigneur !

LE COMTE :

Deuxième couplet

Je suis Lindor, ma naissance est commune,
Mes vœux sont ceux d'un simple bachelier [1] *;*
Que n'ai-je, hélas ! d'un brillant chevalier
À vous offrir le rang et la fortune !

FIGARO : Et comment diable ! Je ne ferais pas mieux, moi qui m'en pique [2].

LE COMTE :

Troisième couplet

Tous les matins, ici, d'une voix tendre,
Je chanterai mon amour sans espoir ;
Je bornerai mes plaisirs à vous voir ;
Et puissiez-vous en trouver à m'entendre !

FIGARO. – Oh ! ma foi, pour celui-ci !... *(Il s'approche et baise le bas de l'habit de son maître.)*

LE COMTE. – Figaro ?

FIGARO. – Excellence ?

LE COMTE. – Crois-tu que l'on m'ait entendu ?

1. *Bachelier : cf.* note 2 p. 43. \ **2.** *Moi qui m'en pique :* moi qui m'en vante.

LE COMTE, *en dedans, chante (Air du « Maître en droit »* [1]*) :*

Tout me dit que Lindor est charmant,
Que je dois l'aimer constamment…

On entend une croisée qui se ferme avec bruit.

FIGARO. – Croyez-vous qu'on vous ait entendu cette fois ?

LE COMTE. – Elle a fermé sa fenêtre ; quelqu'un apparemment est entré chez elle.

FIGARO. – Ah ! la pauvre petite, comme elle tremble en chantant ! Elle est prise, monseigneur.

LE COMTE. – Elle se sert du moyen qu'elle-même a indiqué. « Tout me dit que Lindor est charmant. » Que de grâces ! que d'esprit !

FIGARO. – Que de ruse ! que d'amour !

LE COMTE. – Crois-tu qu'elle se donne à moi, Figaro ?

FIGARO. – Elle passera plutôt à travers cette jalousie que d'y manquer.

LE COMTE. – C'en est fait, je suis à ma Rosine… pour la vie [2] !

FIGARO. – Vous oubliez, monseigneur, qu'elle ne vous entend plus.

LE COMTE. – Monsieur Figaro, je n'ai qu'un mot à vous dire : elle sera ma femme ; et si vous servez bien mon projet en lui cachant mon nom… tu m'entends [3], tu me connais…

FIGARO. – Je me rends. Allons, Figaro, vole à la fortune, mon fils.

LE COMTE. – Retirons-nous, crainte de nous rendre suspects.

FIGARO, *vivement.* – Moi, j'entre ici, où, par la force de mon art, je vais d'un seul coup de baguette endormir la vigilance, éveiller l'amour, égarer la jalousie, fourvoyer l'intrigue et

1. *Air du « Maître en droit » :* air et paroles de l'opéra-comique de Lemonnier sur une musique de Monsigny (1760). Le héros de l'œuvre se nomme Lindor. \ **2.** À lire et à entendre au regard de la suite de la trilogie. \ **3.** *Tu m'entends :* tu me comprends.

renverser tous les obstacles. Vous, monseigneur, chez moi, l'habit de soldat, le billet de logement, et de l'or dans vos poches.

LE COMTE. – Pour qui de l'or ?

FIGARO, *vivement.* – De l'or, mon Dieu ! de l'or : c'est le nerf de l'intrigue.

LE COMTE. – Ne te fâche pas, Figaro, j'en prendrai beaucoup.

FIGARO, *s'en allant.* – Je vous rejoins dans peu.

LE COMTE. – Figaro ?

FIGARO. – Qu'est-ce que c'est ?

LE COMTE. – Et ta guitare ?

FIGARO *revient.* – J'oublie ma guitare, moi ? Je suis donc fou !

Il s'en va.

LE COMTE. – Et ta demeure, étourdi ?

FIGARO *revient.* – Ah ! réellement je suis frappé[1] ! Ma boutique à quatre pas d'ici, peinte en bleu, vitrage en plomb[2], trois palettes[3] en l'air, l'œil dans la main, *Consilio manuque*[4], FIGARO.

Il s'enfuit.

FIN DU PREMIER ACTE.

1. *Frappé :* dérangé. \ 2. *Vitrage en plomb :* vitrage dont les châssis sont de plomb. \ 3. *Palettes :* petites écuelles pour recueillir le sang des saignées. Elles sont « en l'air » car elles sont suspendues au-dessus de la boutique, sur l'enseigne. \ 4. *Consilio manuque :* devise en latin de l'Académie royale de chirurgie qui signifie littéralement « Par l'intelligence et la main », donc avec réflexion et adresse. *L'œil dans la main* illustre la même idée.

Acte II

Le théâtre représente l'appartement de Rosine. La croisée dans le fond du théâtre est fermée par une jalousie grillée.

Scène première

ROSINE, *seule, un bougeoir à la main. Elle prend du papier sur la table et se met à écrire.*

Marceline est malade, tous les gens sont occupés, et personne ne me voit écrire. Je ne sais si ces murs ont des yeux et des oreilles, ou si mon Argus[1] a un génie malfaisant qui l'instruit à point nommé, mais je ne puis dire un mot ni faire un pas dont il ne devine sur-le-champ l'intention… Ah ! Lindor !… *(Elle cachette la lettre.)* Fermons toujours ma lettre, quoique j'ignore quand et comment je pourrai la lui faire tenir. Je l'ai vu, à travers ma jalousie, parler longtemps au barbier Figaro. C'est un bon homme qui m'a montré quelquefois de la pitié ; si je pouvais l'entretenir[2] un moment !

---

1. *Argus :* géant monstrueux de la mythologie antique qui possédait cent yeux, ce qui lui donnait le pouvoir de rester éveillé en permanence (puisque ses yeux ne se fermaient jamais tous en même temps). La déesse Junon, épouse du volage Jupiter, l'avait chargé de surveiller la nymphe Io. Au figuré, un argus est un surveillant très zélé. \ 2. *Entretenir :* discuter avec lui.

Scène 2

ROSINE, FIGARO

ROSINE, *surprise.* – Ah ! monsieur Figaro, que je suis aise de vous voir !

FIGARO. – Votre santé, madame[1] ?

ROSINE. – Pas trop bonne, monsieur Figaro. L'ennui me tue.

FIGARO. – Je le crois ; il n'engraisse que les sots.

ROSINE. – Avec qui parliez-vous donc là-bas[2] si vivement ? Je n'entendais pas, mais…

FIGARO. – Avec un jeune bachelier de mes parents, de la plus grande espérance, plein d'esprit, de sentiments, de talents, et d'une figure fort revenante[3].

ROSINE. – Oh ! tout à fait bien, je vous assure ! Il se nomme ?…

FIGARO. – Lindor. Il n'a rien. Mais, s'il n'eût pas quitté brusquement Madrid, il pouvait y trouver quelque bonne place.

ROSINE. – Il en trouvera, monsieur Figaro, il en trouvera. Un jeune homme tel que vous le dépeignez n'est pas fait pour rester inconnu.

FIGARO, *à part.* – Fort bien. *(Haut.)* Mais il a un grand défaut, qui nuira toujours à son avancement.

ROSINE. – Un défaut, monsieur Figaro ! Un défaut ! en êtes-vous bien sûr ?

FIGARO. – Il est amoureux.

ROSINE. – Il est amoureux ! et vous appelez cela un défaut ?

FIGARO. – À la vérité, ce n'en est un que relativement à sa mauvaise fortune.

ROSINE. – Ah ! que le sort est injuste ! Et nomme-t-il la personne qu'il aime ? Je suis d'une curiosité…

1. *Madame :* au XVIIIe siècle, désigne une jeune fille de naissance noble. \ **2.** *Là-bas :* en bas, dans la rue. \ **3.** *Revenante :* personne d'apparence très avenante.

FIGARO. – Vous êtes la dernière, madame, à qui je voudrais faire une confidence de cette nature.

ROSINE, *vivement.* – Pourquoi, monsieur Figaro? Je suis discrète; ce jeune homme vous appartient[1], il m'intéresse infiniment… Dites donc!

FIGARO, *la regardant finement.* – Figurez-vous la plus jolie petite mignonne, douce, tendre, accorte[2] et fraîche, agaçant l'appétit, pied furtif[3], taille adroite[4], élancée, bras dodus, bouche rosée, et des mains! des joues, des dents! des yeux!…

ROSINE. – Qui reste[5] en cette ville?

FIGARO. – En ce quartier.

ROSINE. – Dans cette rue peut-être?

FIGARO. – À deux pas de moi.

ROSINE. – Ah! que c'est charmant… pour monsieur votre parent. Et cette personne est?…

FIGARO. – Je ne l'ai pas nommée?

ROSINE, *vivement.* – C'est la seule chose que vous ayez oubliée, monsieur Figaro. Dites donc, dites donc vite; si l'on rentrait, je ne pourrais plus savoir…

FIGARO. – Vous le voulez absolument, madame? Eh bien! cette personne est… la pupille de votre tuteur.

ROSINE. – La pupille?…

FIGARO. – Du docteur Bartholo, oui, madame.

ROSINE, *avec émotion.* – Ah! monsieur Figaro… je ne vous crois pas, je vous assure.

FIGARO. – Et c'est ce qu'il brûle de venir vous persuader lui-même.

ROSINE. – Vous me faites trembler, monsieur Figaro.

---

1. *Vous appartient:* est votre parent. \ **2.** *Accorte:* vive et gracieuse. \ **3.** *Furtif:* pied menu et léger, très rapide, qu'on aperçoit à peine \ **4.** *Adroite:* comme confectionnée avec adresse, bien faite. \ **5.** *Qui reste:* qui demeure.

FIGARO. – Fi donc, trembler ! mauvais calcul, madame ; quand on cède à la peur du mal, on ressent déjà le mal de la peur. D'ailleurs, je viens de vous débarrasser de tous vos surveillants, jusqu'à demain.

ROSINE. – S'il m'aime, il doit me le prouver en restant absolument tranquille.

FIGARO. – Eh ! madame, amour et repos peuvent-ils habiter en même cœur ? La pauvre jeunesse est si malheureuse aujourd'hui qu'elle n'a que ce terrible choix : amour sans repos, ou repos sans amour.

ROSINE, *baissant les yeux.* – Repos sans amour… paraît…

FIGARO. – Ah ! bien languissant [1]. Il semble, en effet, qu'amour sans repos se présente de meilleure grâce ; et pour moi, si j'étais femme…

ROSINE, *avec embarras.* – Il est certain qu'une jeune personne ne peut empêcher un honnête homme de l'estimer.

FIGARO. – Aussi mon parent vous estime-t-il infiniment.

ROSINE. – Mais s'il allait faire quelque imprudence, monsieur Figaro, il nous perdrait.

FIGARO, *à part.* – Il nous perdrait ! *(Haut.)* Si vous le lui défendiez expressément [2] par une petite lettre… Une lettre a bien du pouvoir.

ROSINE *lui donne la lettre qu'elle vient d'écrire.* – Je n'ai pas le temps de recommencer celle-ci, mais en la lui donnant, dites-lui… dites-lui bien…

Elle écoute.

FIGARO. – Personne, madame.

ROSINE. – Que c'est par pure amitié tout ce que je fais.

FIGARO. – Cela parle de soi. Tudieu [3] ! l'amour a bien une autre allure !

---

1. *Languissant :* qui provoque l'ennui. \ **2.** *Expressément :* de façon précise et formelle, avec une intention bien déterminée. \ **3.** *Tudieu :* juron familier qui signifie « par la vertu de Dieu ».

ROSINE. – Que par pure amitié, entendez-vous ? Je crains seulement que rebuté par les difficultés…

FIGARO. – Oui, quelque feu follet [1]. Souvenez-vous, madame, que le vent qui éteint une lumière allume un brasier, et que nous sommes ce brasier-là. D'en parler seulement, il exhale un tel feu qu'il m'a presque enfiévré de sa passion, moi qui n'y ai que voir.

ROSINE. – Dieux ! J'entends mon tuteur. S'il vous trouvait ici… Passez par le cabinet du clavecin et descendez le plus doucement que vous pourrez.

FIGARO. – Soyez tranquille. (*À part.*) Voici qui vaut mieux que mes observations [2].

Il entre dans le cabinet.

Scène 3

ROSINE, *seule.*

Je meurs d'inquiétude jusqu'à ce qu'il soit dehors… Que je l'aime, ce bon Figaro ! C'est un bien honnête homme, un bon parent ! Ah ! voilà mon tyran ; reprenons mon ouvrage.

Elle souffle la bougie [3], s'assied,
et prend une broderie au tambour [4].

1. *Oui, quelque feu follet :* « oui, si vous étiez en face de quelque feu follet », c'est-à-dire d'un amour faible et non pas d'un brasier. Au sens propre, le feu follet est une petite flamme fugitive. \ 2. *Voici qui vaut mieux que mes observations :* la lettre sera plus utile que ce qu'il pourra observer. Il écoutera néanmoins la conversation de Bartholo et de Bazile depuis le cabinet dans la scène 8. \ 3. *Elle souffle la bougie :* elle éteint la bougie dont la cire a servi à faire le cachet de la lettre scène 1. \ 4. *Tambour :* cercle de bois sur lequel on étend une étoffe que l'on brode.

Scène 4

BARTHOLO, ROSINE

BARTHOLO, *en colère.* – Ah ! malédiction ! l'enragé, le scélérat corsaire[1] de Figaro ! Là, peut-on sortir un moment de chez soi sans être sûr en rentrant…

ROSINE. – Qui vous met donc si fort en colère, monsieur ?

BARTHOLO. – Ce damné barbier qui vient d'écloper[2] toute ma maison, en un tour de main. Il donne un narcotique[3] à L'Éveillé, un sternutatoire[4] à La Jeunesse ; il saigne au pied Marceline ; il n'y a pas jusqu'à ma mule[5]… sur les yeux d'une pauvre bête aveugle, un cataplasme[6] ! Parce qu'il me doit cent écus, il se presse de faire des mémoires[7]. Ah ! qu'il les apporte !… Et personne à l'antichambre ! On arrive à cet appartement comme à la place d'armes[8] !

ROSINE. – Et qui peut y pénétrer que vous, monsieur ?

BARTHOLO. – J'aime mieux craindre sans sujet que de m'exposer sans précaution ; tout est plein de gens entreprenants, d'audacieux… N'a-t-on pas ce matin encore ramassé lestement votre chanson pendant que j'allais la chercher ? Oh ! je…

ROSINE. – C'est bien mettre à plaisir de l'importance à tout ! Le vent peut avoir éloigné ce papier, le premier venu, que sais-je ?

BARTHOLO. – Le vent, le premier venu !… Il n'y a point de vent, madame, point de premier venu dans le monde ; et c'est toujours quelqu'un posté là exprès qui ramasse les papiers qu'une femme a l'air de laisser tomber par mégarde.

---

1. *Scélérat corsaire :* personne qui, par ses actions, évoque un corsaire, un pirate, homme impitoyable en affaires, avide et malhonnête. \ **2.** *Vient d'écloper :* rend boiteux au sens propre, rendre malade. \ **3.** *Narcotique :* substance qui endort. \ **4.** *Sternutatoire :* médicament qui fait éternuer. \ **5.** *Il n'y a pas jusqu'à ma mule :* il s'en est même pris à ma mule. \ **6.** *Cataplasme :* préparation médicamenteuse de la consistance d'une bouillie épaisse qui, étalée entre deux linges, s'applique chaude sur la partie du corps à soigner. \ **7.** *Mémoires :* factures pour les soins. \ **8.** *Place d'armes :* lieu de rassemblement des troupes dans une ville de garnison, donc très accessible.

ROSINE. – A l'air, monsieur?

BARTHOLO. – Oui, madame, a l'air.

ROSINE, *à part.* – Oh! le méchant vieillard!

BARTHOLO. – Mais tout cela n'arrivera plus, car je vais faire sceller[1] cette grille.

ROSINE. – Faites mieux; murez les fenêtres tout d'un coup[2]. D'une prison à un cachot, la différence est si peu de chose!

BARTHOLO. – Pour celles qui donnent sur la rue? Ce ne serait peut-être pas si mal… Ce barbier n'est pas entré chez vous, au moins?

ROSINE. – Vous donne-t-il aussi de l'inquiétude?

BARTHOLO. – Tout comme un autre.

ROSINE. – Que vos répliques sont honnêtes[3]!

BARTHOLO. – Ah! fiez-vous à tout le monde, et vous aurez bientôt à la maison une bonne femme pour vous tromper, de bons amis pour vous la souffler[4], et de bons valets pour les y aider.

ROSINE. – Quoi! vous n'accordez pas même qu'on ait des principes contre la séduction de monsieur Figaro?

BARTHOLO. – Qui diable entend quelque chose à la bizarrerie des femmes? et combien j'en ai vu de ces vertus à principes…

ROSINE, *en colère.* – Mais monsieur, s'il suffit d'être homme pour nous plaire, pourquoi donc me déplaisez-vous si fort?

BARTHOLO, *stupéfait.* – Pourquoi?… Pourquoi?… Vous ne répondez pas à ma question sur ce barbier.

ROSINE, outrée. – En bien oui, cet homme est entré chez moi, je l'ai vu, je lui ai parlé. Je ne vous cache pas même que je l'ai trouvé fort aimable; et puissiez-vous en mourir de dépit[5]!

Elle sort.

---

1. *Sceller:* fermer hermétiquement. \ 2. *Tout d'un coup:* en une seule fois, par la même occasion. \ 3. *Honnêtes:* polies. \ 4. *Vous la souffler:* vous l'enlever discrètement. \ 5. *Dépit:* amertume, déception, en particulier celle de l'amant. *Aimable:* digne d'être aimé.

Scène 5

BARTHOLO, *seul.*

Oh ! les Juifs[1] ! les chiens de valets ! La Jeunesse ? L'Éveillé ? L'Éveillé maudit !

Scène 6

BARTHOLO, L'ÉVEILLÉ

L'ÉVEILLÉ *arrive en bâillant, tout endormi.* – Aah, aah, ah, ah…

BARTHOLO. – Où étais-tu, peste d'étourdi, quand ce barbier est entré ici ?

L'ÉVEILLÉ. – Monsieur, j'étais… ah, aah, ah…

BARTHOLO. – À machiner quelque espièglerie sans doute ? Et tu ne l'as pas vu ?

L'ÉVEILLÉ. – Sûrement je l'ai vu ; puisqu'il m'a trouvé tout malade, à ce qu'il dit ; et faut bien que ça soit vrai, car j'ai commencé à me douloir[2] dans tous les membres, rien qu'en l'en entendant parl… Ah, ah, aah…

BARTHOLO *le contrefait.* – Rien qu'en l'en entendant !… Où donc est ce vaurien de La Jeunesse ? Droguer ce petit garçon sans mon ordonnance ! Il y a quelque friponnerie là-dessous.

1. *Oh, les Juifs :* l'injure, synonyme d'« avares », est fréquente au XVIIIe siècle, et elle ne traduit pas le même antisémitisme qu'au sens moderne. On sait que depuis le Moyen Âge les juifs pratiquaient les métiers liés à l'argent dont l'exercice était interdit aux chrétiens. \ **2.** *Douloir :* souffrir (archaïsme).

Scène 7

LES ACTEURS PRÉCÉDENTS

(LA JEUNESSE *arrive en vieillard, avec une canne en béquille ; il éternue plusieurs fois.)*

L'ÉVEILLÉ, *toujours bâillant.* – La Jeunesse ?

BARTHOLO. – Tu éternueras dimanche.

LA JEUNESSE. – Voilà plus de cinquante… cinquante fois… dans un moment ! *(Il éternue.)* Je suis brisé.

BARTHOLO. – Comment ! Je vous demande à tous deux s'il est entré quelqu'un chez Rosine, et vous ne me dites pas que ce barbier…

L'ÉVEILLÉ, *continuant de bâiller.* – Est-ce que c'est quelqu'un donc, monsieur Figaro ? Aah, ah…

BARTHOLO. – Je parie que le rusé s'entend avec lui.

L'ÉVEILLÉ, *pleurant comme un sot.* – Moi… Je m'entends !…

LA JEUNESSE, *éternuant.* – Eh mais, monsieur, y a-t-il… y a-t-il de la justice ?…

BARTHOLO. – De la justice ! C'est bon entre vous autres misérables, la justice ! Je suis votre maître, moi, pour avoir toujours raison.

LA JEUNESSE, *éternuant.* – Mais, pardi, quand une chose est vraie…

BARTHOLO. – Quand une chose est vraie ! Si je ne veux pas qu'elle soit vraie, je prétends bien qu'elle ne soit pas vraie. Il n'y aurait qu'à permettre à tous ces faquins-là[1] d'avoir raison, vous verriez bientôt ce que deviendrait l'autorité.

LA JEUNESSE, *éternuant.* – J'aime autant recevoir mon congé[2]. Un service terrible, et toujours un train d'enfer[3].

---

1. *Faquins :* injure désignant un personnage méprisable, vaniteux. \ **2.** *Recevoir son congé :* être renvoyé. \ **3.** *Un train d'enfer :* une vitesse excessive.

L'ÉVEILLÉ, *pleurant.* – Un pauvre homme de bien est traité comme un misérable.

BARTHOLO. – Sors donc, pauvre homme de bien. *(Il les contrefait.)* Et t'chi et t'cha ; l'un m'éternue au nez, l'autre m'y bâille.

LA JEUNESSE. – Ah ! monsieur, je vous jure que sans Mademoiselle, il n'y aurait... il n'y aurait pas moyen de rester dans la maison.

Il sort en éternuant.

BARTHOLO. – Dans quel état ce Figaro les a mis tous ! Je vois ce que c'est : le maraud[1] voudrait me payer mes cent écus sans bourse délier[2].

Scène 8

BARTHOLO, DON BAZILE ; FIGARO, *caché dans le cabinet, paraît de temps en temps, et les écoute.*

BARTHOLO *continue.* – Ah ! Don Bazile, vous veniez donner à Rosine sa leçon de musique ?

BAZILE. – C'est ce qui presse le moins.

BARTHOLO. – J'ai passé chez vous sans vous trouver.

BAZILE. – J'étais sorti pour vos affaires. Apprenez une nouvelle bien fâcheuse.

BARTHOLO. – Pour vous ?

BAZILE. – Non, pour vous. Le comte Almaviva est en cette ville.

BARTHOLO. – Parlez bas. Celui qui faisait chercher Rosine dans tout Madrid ?

1. *Maraud :* fripon. Injure traditionnelle du maître à son valet dans la comédie classique.
2. *Sans bourse délier :* sans qu'il en coûte rien.

BAZILE. – Il loge à la grande place et sort tous les jours déguisé.

BARTHOLO. – Il n'en faut point douter, cela me regarde. Et que faire ?

BAZILE. – Si c'était un particulier[1], on viendrait à bout de l'écarter[2].

BARTHOLO. – Oui, en s'embusquant le soir, armé, cuirassé…

BAZILE. – *Bone Deus* ! Se compromettre ! Susciter une méchante affaire, à la bonne heure, et, pendant la fermentation, calomnier à dire d'experts[3] ; *concedo*[4].

BARTHOLO. – Singulier moyen de se défaire d'un homme !

BAZILE. – La calomnie, monsieur ? Vous ne savez guère ce que vous dédaignez ; j'ai vu les plus honnêtes gens près d'en être accablés. Croyez qu'il n'y a pas de plate méchanceté, pas d'horreurs, pas de conte absurde, qu'on ne fasse adopter aux oisifs d'une grande ville, en s'y prenant bien : et nous avons ici des gens d'une adresse !… D'abord un bruit léger, rasant le sol comme hirondelle avant l'orage, *pianissimo* murmure et file, et sème en courant le trait empoisonné. Telle bouche le recueille, et *piano, piano* vous le glisse en l'oreille adroitement. Le mal est fait, il germe, il rampe, il chemine, et *rinforzando*[5] de bouche en bouche il va le diable[6] ; puis tout à coup, ne sais comment, vous voyez Calomnie se dresser, siffler, s'enfler, grandir à vue d'œil. Elle s'élance, étend son vol, tourbillonne, enveloppe, arrache, entraîne, éclate et tonne, et devient, grâce au Ciel, un cri général, un *crescendo*

1. *Particulier :* un simple citoyen, or le comte est un grand d'Espagne, un personnage public. \ **2.** *On viendrait à bout de l'écarter :* on parviendrait à l'écarter. \ **3.** *Calomnier à dire d'experts :* calomnier comme des experts, avec assurance. \ **4.** *Concedo :* je concède. Expression latine en usage au Moyen Âge dans les exercices de controverses scolaires, caricaturée dans *Le Malade imaginaire* (II, 6) de Molière. *Bone deus :* bon dieu. \ **5.** *Pianissimo :* terme musical qui signifie « très doucement ». *Piano :* doucement. *Rinforzando :* en renforçant l'attaque des notes. *Crescendo :* en augmentant régulièrement le volume du son. Tous ces termes italiens indiquent des nuances de musique. \ **6.** *Il va le diable :* il va à toute vitesse.

public, un *chorus*[1] universel de haine et de proscription[2]. Qui diable y résisterait ?

BARTHOLO. – Mais quel radotage me faites-vous donc là, Bazile ? Et quel rapport ce *piano-crescendo* peut-il avoir à ma situation ?

BAZILE. – Comment, quel rapport ? Ce qu'on fait partout, pour écarter son ennemi, il faut le faire ici pour empêcher le vôtre d'en approcher.

BARTHOLO. – D'approcher ? Je prétends bien épouser Rosine avant qu'elle apprenne seulement que ce comte existe.

BAZILE. – En ce cas, vous n'avez pas un instant à perdre.

BARTHOLO. – Et à qui tient-il, Bazile ? Je vous ai chargé de tous les détails de cette affaire.

BAZILE. – Oui. Mais vous avez lésiné sur les frais ; et dans l'harmonie du bon ordre, un mariage inégal[3], un jugement inique[4], un passe-droit[5] évident, sont des dissonances qu'on doit toujours préparer et sauver par l'accord parfait de l'or.

BARTHOLO, *lui donnant de l'argent.* – Il faut en passer par où vous voulez ; mais finissons.

BAZILE. – Cela s'appelle parler. Demain tout sera terminé ; c'est à vous d'empêcher que personne, aujourd'hui, ne puisse instruire la pupille.

BARTHOLO. – Fiez-vous-en à moi. Viendrez-vous ce soir, Bazile ?

BAZILE. – N'y comptez pas. Votre mariage seul m'occupera toute la journée ; n'y comptez pas.

BARTHOLO *l'accompagne.* – Serviteur[6].

BAZILE. – Restez, docteur, restez donc.

BARTHOLO. – Non pas. Je veux fermer sur vous la porte de la rue.

---

1. *Un* chorus *:* clameur unanime. \ **2.** *Proscription :* condamnation arbitraire, souvent à la mort ou à l'exil \ **3.** *Un mariage inégal :* Rosine est trop jeune pour épouser Bartholo et, contrairement à lui, elle est de naissance noble. \ **4.** *Inique :* qui est injuste de manière criante. \ **5.** *Passe-droit :* faveur obtenue contre les règles du droit. \ **6.** *Serviteur :* abréviation familière de l'expression « Je suis votre serviteur », employée pour prendre congé.

Scène 9

FIGARO, *SEUL, sortant du cabinet.*

Oh ! la bonne précaution ! Ferme, ferme la porte de la rue, et moi je vais la rouvrir au comte en sortant. C'est un grand maraud que ce Bazile ! heureusement il est encore plus sot. Il faut un état, une famille, un nom, un rang, de la consistance enfin, pour faire sensation dans le monde en calomniant. Mais un Bazile ! il médirait qu'on ne le croirait pas[1].

Scène 10

ROSINE, *accourant* ; FIGARO

ROSINE. – Quoi ! vous êtes encore là, monsieur Figaro ?

FIGARO. – Très heureusement pour vous, mademoiselle. Votre tuteur et votre maître de musique, se croyant seuls ici, viennent de parler à cœur ouvert…

ROSINE. – Et vous les avez écoutés, monsieur Figaro ? Mais savez-vous que c'est fort mal ?

FIGARO. – D'écouter ? C'est pourtant tout ce qu'il y a de mieux pour bien entendre. Apprenez que votre tuteur se dispose à vous épouser demain.

ROSINE. – Ah ! grands dieux !

FIGARO. – Ne craignez rien, nous lui donnerons tant d'ouvrage qu'il n'aura pas le temps de songer à celui-là.

ROSINE. – Le voici qui revient ; sortez donc par le petit escalier. Vous me faites mourir de frayeur.

Figaro s'enfuit.

1. *Médire :* tenir sur quelqu'un des propos malveillants mais fondés. *Calomnier :* tenir des propos malveillants mais infondés. D'après Figaro, même si Bartholo médisait à propos de Bazile (et ne calomniait donc pas), il ne serait pas cru.

Scène 11

BARTHOLO, ROSINE

ROSINE. – Vous étiez ici avec quelqu'un, monsieur ?

BARTHOLO. – Don Bazile que j'ai reconduit, et pour cause[1]. Vous eussiez mieux aimé que c'eût été monsieur Figaro ?

ROSINE. – Cela m'est fort égal, je vous assure.

BARTHOLO. – Je voudrais bien savoir ce que ce barbier avait de si pressé à vous dire ?

ROSINE. – Faut-il parler sérieusement ? Il m'a rendu compte de l'état de Marceline, qui même n'est pas trop bien, à ce qu'il dit.

BARTHOLO. – Vous rendre compte ! Je vais parier qu'il était chargé de vous remettre quelque lettre.

ROSINE. – Et de qui, s'il vous plaît ?

BARTHOLO. – Oh ! de qui ? De quelqu'un que les femmes ne nomment jamais. Que sais-je moi ? Peut-être la réponse au papier de la fenêtre.

ROSINE, *à part.* – Il n'en a pas manqué une seule. *(Haut.)* Vous mériteriez bien que cela fût.

BARTHOLO *regarde les mains de Rosine.* – Cela est. Vous avez écrit.

ROSINE, *avec embarras.* – Il serait assez plaisant que vous eussiez le projet de m'en faire convenir[2].

BARTHOLO, *lui prenant la main droite.* – Moi ! point du tout ; mais votre doigt encore taché d'encre ! hein ? rusée signora[3] !

ROSINE, *à part.* – Maudit homme !

BARTHOLO, *lui tenant toujours la main.* – Une femme se croit bien en sûreté parce qu'elle est seule.

ROSINE. – Ah ! sans doute… La belle preuve !… Finissez donc,

1. *Don Bazile que j'ai reconduit, et pour cause :* Bartholo a reconduit Bazile pour fermer la porte qui donne sur la rue. \ **2.** *De m'en faire convenir :* de me le faire accepter. \ **3.** *Signora :* « madame » en italien – langue surprenante dans ce contexte espagnol.

monsieur, vous me tordez le bras. Je me suis brûlée en chiffonnant[1] autour de cette bougie, et l'on m'a toujours dit qu'il fallait aussitôt tremper dans l'encre ; c'est ce que j'ai fait.

BARTHOLO. – C'est ce que vous avez fait ? Voyons donc si un second témoin[2] confirmera la déposition du premier. C'est ce cahier de papier où je suis certain qu'il y avait six feuilles ; car je les compte tous les matins, aujourd'hui encore.

ROSINE, *à part.* – Oh ! imbécile !

BARTHOLO, *comptant.* – Trois, quatre, cinq…

ROSINE. – La sixième…

BARTHOLO. – Je vois bien qu'elle n'y est pas, la sixième.

ROSINE, *baissant les yeux.* – La sixième ? je l'ai employée à faire un cornet pour des bonbons que j'ai envoyés à la petite Figaro[3].

BARTHOLO. – À la petite Figaro ? Et la plume qui était toute neuve, comment est-elle devenue noire ! est-ce en écrivant l'adresse de la petite Figaro ?

ROSINE, *à part.* – Cet homme a un instinct de jalousie !… *(Haut.)* Elle m'a servi à retracer une fleur effacée sur la veste que je vous brode au tambour.

BARTHOLO. – Que cela est édifiant[4] ! Pour qu'on vous crût, mon enfant, il faudrait ne pas rougir en déguisant coup sur coup la vérité ; mais c'est ce que vous ne savez pas encore.

ROSINE. – Eh ! qui ne rougirait pas, monsieur, de voir tirer des conséquences aussi malignes des choses le plus innocemment faites ?

BARTHOLO. – Certes, j'ai tort ; se brûler le doigt, le tremper dans l'encre, faire des cornets aux bonbons pour la petite Figaro, et dessiner ma veste au tambour ! quoi de plus

1. *En chiffonnant :* en m'occupant de chiffons, donc « en cousant » ou « en brodant ». \ 2. *Second témoin :* au sens figuré de témoin matériel, indice. \ 3. *La petite Figaro :* personnage dont il n'est plus question dans *Le Mariage de Figaro.* \ 4. *Édifiant :* digne d'être pris pour exemple.

innocent ? Mais que de mensonges entassés pour cacher un seul fait !… « Je suis seule, on ne me voit point ; je pourrai mentir à mon aise » ; mais le bout du doigt reste noir ! la plume est tachée, le papier manque, on ne saurait penser à tout. Bien certainement, signora, quand j'irai par la ville, un bon double tour me répondra de vous.

Scène 12

LE COMTE, BARTHOLO, ROSINE

LE COMTE, *en uniforme de cavalerie, ayant l'air d'être entre deux vins et chantant :* Réveillons-là [1], *etc.*

BARTHOLO. – Mais que nous veut cet homme ? Un soldat ! Rentrez chez vous, signora.

LE COMTE *chante.* – Réveillons-là *(et s'avance vers Rosine).* Qui de vous deux, mesdames se nomme le docteur Balordo [2] ? *(À Rosine, bas :)* Je suis Lindor.

BARTHOLO. – Bartholo !

ROSINE, *à part.* – Il parle de Lindor.

LE COMTE. – Balordo, Barque à l'eau, je m'en moque comme de ça. Il s'agit seulement de savoir laquelle des deux… *(À Rosine, lui montrant un papier :)* Prenez cette lettre.

BARTHOLO. – Laquelle ! vous voyez bien que c'est moi ! Laquelle ! Rentrez donc, Rosine, cet homme paraît avoir du vin.

ROSINE. – C'est pour cela, monsieur ; vous êtes seul. Une femme en impose quelquefois.

BARTHOLO. – Rentrez, rentrez ; je ne suis pas timide [3].

1. *Réveillons-là :* cet air militaire ne nous est pas parvenu. \ **2.** *Balordo :* ce jeu sur le nom de Bartholo évoque le mot « balourd ». Baloardo était le nom du docteur de la *commedia dell'arte.* \ **3.** *Timide :* craintif.

Scène 13

Le Comte, Bartholo

Le Comte. – Oh ! je vous ai reconnu d'abord à votre signalement[1].

Bartholo, *au comte, qui serre la lettre.* – Qu'est-ce que c'est donc que vous cachez là dans votre poche ?

Le Comte. – Je le cache dans ma poche pour que vous ne sachiez pas ce que c'est.

Bartholo. – Mon signalement ! Ces gens-là croient toujours parler à des soldats !

Le Comte. – Pensez-vous que ce soit une chose si difficile à faire que votre signalement ?

Le chef branlant, la tête chauve,
Les yeux vairons[2], le regard fauve,
L'air farouche d'un Algonquin[3]...

Bartholo. – Qu'est-ce que cela veut dire ? Êtes-vous ici pour m'insulter ? Délogez[4] à l'instant.

Le Comte. – Déloger ! Ah, fi ! que c'est mal parler ! Savez-vous lire, docteur... Barbe à l'eau ?

Bartholo. – Autre question saugrenue !

Le Comte. – Oh ! que cela ne vous fasse point de peine, car, moi qui suis pour le moins aussi docteur que vous...

Bartholo. – Comment cela ?

Le Comte. – Est-ce que je ne suis pas le médecin des chevaux du régiment ? Voilà pourquoi l'on m'a exprès logé chez un confrère.

1. *Signalement :* description détaillée des caractéristiques physiques d'une personne permettant de la reconnaître. \ 2. *Yeux vairons :* yeux de couleur différente. La couleur *fauve* est ocre orangé, feu. \ 3. *Algonquin :* Indien du Canada. Une édition de 1809 donne plusieurs vers supplémentaires, en précisant qu'il revenait à l'acteur ou au metteur en scène de choisir quand Bartholo interrompt le comte. \ 4. *Délogez :* quittez ce lieu.

BARTHOLO. – Oser comparer un maréchal[1] !…

LE COMTE :

Air : « Vive le vin[2] »

Sans chanter :

Non, docteur, je ne prétends pas
Que notre art obtienne le pas
Sur Hippocrate[3] et sa brigade.

En chantant :

Votre savoir, mon camarade,
Est d'un succès plus général ;
Car, s'il n'emporte point le mal,
Il emporte au moins le malade.

C'est-il poli, ce que je vous dis là ?

BARTHOLO. – Il vous sied bien, manipuleur[4] ignorant, de ravaler ainsi le premier, le plus grand et le plus utile des arts !

LE COMTE. – Utile tout à fait pour ceux qui l'exercent.

BARTHOLO. – Un art dont le soleil s'honore d'éclairer les succès.

LE COMTE. – Et dont la terre s'empresse de couvrir les bévues[5].

BARTHOLO. – On voit bien, malappris, que vous n'êtes habitué de parler qu'à des chevaux.

LE COMTE. – Parler à des chevaux ? Ah, docteur, pour un docteur d'esprit… N'est-il pas de notoriété que le maréchal

1. *Maréchal :* un maréchal-ferrant, chargé de s'occuper de soigner et de ferrer les chevaux. \ 2. *« Vive le vin » :* air du *Déserteur* (1769), un opéra-comique de Sedaine sur une musique de Monsigny. \ 3. *Hippocrate :* médecin grec (vers 460-vers 377 av. J.-C.), considéré comme le père de la médecine. Le terme militaire de « brigade » désigne ici « les médecins ». \ 4. *Il vous sied bien :* il vous va bien… *Manipuleur :* néologisme péjoratif. « Manipulateur » apparaît en 1782. \ 5. *Bévues :* réplique empruntée à une comédie de Brécourt, *L'Ombre de Molière* (1674).

guérit toujours ses malades sans leur parler ; au lieu que le médecin parle beaucoup aux siens…

BARTHOLO. – Sans les guérir, n'est-ce pas ?

LE COMTE. – C'est vous qui l'avez dit.

BARTHOLO. – Qui diable envoie ici ce maudit ivrogne ?

LE COMTE. – Je crois que vous me lâchez des épigrammes [1], l'Amour !

BARTHOLO. – Enfin, que voulez-vous, que demandez-vous ?

LE COMTE, *feignant une grande colère.* – Eh bien donc, il s'enflamme ! Ce que je veux ? Est-ce que vous ne le voyez pas ?

Scène 14

ROSINE, LE COMTE, BARTHOLO

ROSINE, *accourant.* – Monsieur le soldat, ne vous emportez point, de grâce ! *(À Bartholo :)* Parlez-lui doucement, monsieur ; un homme qui déraisonne.

LE COMTE. – Vous avez raison ; il déraisonne, lui, mais nous sommes raisonnables, nous ! Moi poli, et vous jolie… enfin suffit ! La vérité, c'est que je ne veux avoir affaire qu'à vous dans la maison.

ROSINE. – Que puis-je pour votre service, monsieur le soldat ?

LE COMTE. – Une petite bagatelle, mon enfant. Mais s'il y a de l'obscurité dans mes phrases…

ROSINE. – J'en saisirai l'esprit.

LE COMTE, *lui montrant la lettre.* – Non, attachez-vous à la lettre, à la lettre. Il s'agit seulement… mais je dis en tout bien, tout honneur, que vous me donniez à coucher, ce soir.

BARTHOLO. – Rien que cela ?

1. *Épigrammes :* courts poèmes satiriques.

LE COMTE. – Pas davantage. Lisez le billet doux que notre maréchal des logis vous écrit.

BARTHOLO. – Voyons. *(Le comte cache la lettre et lui donne un autre papier. Bartholo lit.)* « Le docteur Bartholo recevra, nourrira, hébergera, couchera… »

LE COMTE, *appuyant.* – Couchera.

BARTHOLO. – « Pour une nuit seulement, le nommé Lindor, dit l'Écolier, cavalier au régiment… »

ROSINE. – C'est lui, c'est lui-même.

BARTHOLO, *vivement, à Rosine.* – Qu'est-ce qu'il y a ?

LE COMTE. – Eh bien, ai-je tort, à présent, docteur Barbaro ?

BARTHOLO. – On dirait que cet homme se fait un malin plaisir de m'estropier de toutes les manières possibles. Allez au diable ! Barbaro ! Barbe à l'eau ! et dites à votre impertinent maréchal des logis que, depuis mon voyage à Madrid, je suis exempt de loger des gens de guerre.

LE COMTE, *à part.* – Ô Ciel ! fâcheux contretemps !

BARTHOLO. – Ah ! ah ! notre ami, cela vous contrarie et vous dégrise un peu ! Mais n'en décampez pas moins à l'instant.

LE COMTE, *à part.* – J'ai pensé me trahir[1] ! *(Haut.)* Décamper ! Si vous êtes exempt des gens de guerre, vous n'êtes pas exempt de politesse, peut-être ? Décamper ! Montre-moi votre brevet d'exemption[2] ; quoique je ne sache pas lire, je verrai bientôt…

BARTHOLO. – Qu'à cela ne tienne. Il est dans ce bureau.

LE COMTE, *pendant qu'il y va, dit, sans quitter sa place* : Ah ! ma belle Rosine !

ROSINE. – Quoi, Lindor, c'est vous ?

LE COMTE. – Recevez au moins cette lettre.

ROSINE. – Prenez garde, il a les yeux sur nous.

LE COMTE. – Tirez votre mouchoir, je la laisserai tomber.

Il s'approche.

---

1. *J'ai pensé me trahir :* j'ai failli me trahir. \ **2.** *Brevet d'exemption :* document permettant d'être dispensé de loger des soldats.

BARTHOLO. – Doucement, doucement, seigneur soldat, je n'aime point qu'on regarde ma femme de si près.

LE COMTE. – Elle est votre femme ?

BARTHOLO. – Eh ! quoi donc ?

LE COMTE. – Je vous ai pris pour son bisaïeul[1] paternel, maternel, sempiternel[2] ; il y a au moins trois générations entre elle et vous.

BARTHOLO *lit un parchemin.* – « Sur les bons et fidèles témoignages qui nous ont été rendus… »

LE COMTE *donne un coup de main sous les parchemins, qui les envoie au plancher.* – Est-ce que j'ai besoin de tout ce verbiage[3] ?

BARTHOLO. – Savez-vous bien, soldat, que si j'appelle mes gens, je vous fais traiter sur-le-champ comme vous le méritez ?

LE COMTE. – Bataille ? Ah ! volontiers, bataille ! c'est mon métier à moi ! *(Montrant son pistolet de ceinture.)* Et voici de quoi leur jeter de la poudre aux yeux. Vous n'avez peut-être jamais vu de bataille, madame ?

ROSINE. – Ni ne veux en voir.

LE COMTE. – Rien n'est pourtant aussi gai que bataille. Figurez-vous (*poussant le docteur*) d'abord que l'ennemi est d'un côté du ravin, et les amis de l'autre. (*À Rosine, en lui montrant la lettre :*) Sortez le mouchoir. (*Il crache à terre.*) Voilà le ravin, cela s'entend.

Rosine tire son mouchoir, le comte laisse tomber sa lettre entre elle et lui.

BARTHOLO, *se baissant.* – Ah ! ah !

LE COMTE *la reprend et dit.* – Tenez… moi qui allais vous apprendre ici les secrets de mon métier… Une femme bien discrète en vérité ! Ne voilà-t-il pas un billet doux qu'elle laisse tomber de sa poche ?

1. *Bisaïeul :* arrière-grand-père. \ 2. *Sempiternel :* perpétuel. Au sens figuré et en emploi familier, signifie « très vieux ». \ 3. *Verbiage :* bavardage vain.

BARTHOLO. – Donnez, donnez.

LE COMTE. – *Dulciter*[1], papa ! chacun son affaire. Si une ordonnance de rhubarbe[2] était tombée de la vôtre ?

ROSINE *avance la main*. – Ah ! je sais ce que c'est, monsieur le soldat.

Elle prend la lettre, qu'elle cache dans la petite poche de son tablier.

BARTHOLO. – Sortez-vous enfin ?

LE COMTE. – Eh bien, je sors ; adieu, docteur ; sans rancune. Un petit compliment, mon cœur : priez la mort de m'oublier encore quelques campagnes ; la vie ne m'a jamais été si chère.

BARTHOLO. – Allez toujours ; si j'avais ce crédit-là sur la mort…

LE COMTE. – Sur la mort ? Ah ! docteur ! vous faites tant de choses pour elle qu'elle n'a rien à vous refuser.

Il sort.

Scène 15

BARTHOLO, ROSINE

BARTHOLO *le regarde aller.* – Il est enfin parti. *(À part.)* Dissimulons.

ROSINE. – Convenez pourtant, monsieur, qu'il est bien gai ce jeune soldat ! À travers son ivresse, on voit qu'il ne manque ni d'esprit, ni d'une certaine éducation.

BARTHOLO. – Heureux, m'amour, d'avoir pu nous en délivrer ! mais n'es-tu pas un peu curieuse de lire avec moi le papier qu'il t'a remis ?

ROSINE. – Quel papier ?

1. *Dulciter* (adverbe latin) : doucement. \ **2.** *Rhubarbe :* végétal laxatif.

Bartholo. – Celui qu'il a feint de ramasser pour te le faire accepter.

Rosine. – Bon ! c'est la lettre de mon cousin l'officier, qui était tombée de ma poche.

Bartholo. – J'ai idée, moi, qu'il l'a tirée de la sienne.

Rosine. – Je l'ai très bien reconnue.

Bartholo. – Qu'est-ce qu'il coûte d'y regarder ?

Rosine. – Je ne sais pas seulement ce que j'en ai fait.

Bartholo, *montrant la pochette*[1]. – Tu l'as mise là.

Rosine. – Ah ! ah ! par distraction.

Bartholo. – Ah ! sûrement. Tu va voir que ce sera quelque folie.

Rosine, *à part*. – Si je ne le mets pas en colère, il n'y aura pas moyen de refuser.

Bartholo. – Donne donc, mon cœur.

Rosine. – Mais quelle idée avez-vous en insistant, monsieur ? est-ce encore quelque méfiance ?

Bartholo. – Mais, vous, quelle raison avez-vous de ne pas le montrer ?

Rosine. – Je vous répète, monsieur, que ce papier n'est autre que la lettre de mon cousin, que vous m'avez rendue hier toute décachetée[2] ; et puisqu'il en est question, je vous dirai tout net que cette liberté me déplaît excessivement.

Bartholo. – Je ne vous entends pas !

Rosine. – Vais-je examiner les papiers qui vous arrivent ? Pourquoi vous donnez-vous les airs de toucher à ceux qui me sont adressés ? Si c'est jalousie, elle m'insulte ; s'il s'agit de l'abus d'une autorité usurpée[3], j'en suis plus révoltée encore.

1. *Pochette :* petite poche du tablier de Rosine mentionnée dans la scène 14. \ **2.** *Décachetée :* ouverte alors qu'elle était fermée par un cachet de cire qui la scellait. \ **3.** *Usurpée :* appropriée de manière illégitime.

BARTHOLO. – Comment, révoltée ! Vous ne m'avez jamais parlé ainsi.

ROSINE. – Si je me suis modérée jusqu'à ce jour, ce n'était pas pour vous donner le droit de m'offenser impunément.

BARTHOLO. – De quelle offense parlez-vous ?

ROSINE. – C'est qu'il est inouï qu'on se permette d'ouvrir les lettres de quelqu'un.

BARTHOLO. – De sa femme ?

ROSINE. – Je ne la suis pas encore[1]. Mais pourquoi lui donnerait-on la préférence d'une indignité qu'on ne fait à personne ?

BARTHOLO. – Vous voulez me faire prendre le change et détourner mon attention du billet, qui, sans doute, est une missive de quelque amant ! mais je le verrai, je vous assure.

ROSINE. – Vous ne le verrez pas. Si vous m'approchez, je m'enfuis de cette maison, et je demande retraite[2] au premier venu.

BARTHOLO. – Qui ne vous recevra point.

ROSINE. – C'est ce qu'il faudra voir.

BARTHOLO. – Nous ne sommes pas ici en France, où l'on donne toujours raison aux femmes ; mais, pour vous en ôter la fantaisie, je vais fermer la porte.

ROSINE, *pendant qu'il y va.* – Ah Ciel ! que faire ?... Mettons vite à la place la lettre de mon cousin, et donnons-lui beau jeu à la prendre.

Elle fait l'échange et met la lettre du cousin dans la pochette, de façon qu'elle sort un peu.

BARTHOLO, *revenant.* – Ah ! j'espère maintenant la voir.

ROSINE. – De quel droit, s'il vous plaît ?

---

1. *Je ne la suis pas encore :* on écrirait aujourd'hui « Je ne le suis pas encore », car le pronom attribut ne s'accorde plus avec le sujet, il est neutre. \ **2.** *Retraite :* asile.

BARTHOLO. – Du droit le plus universellement reconnu, celui du plus fort.

ROSINE. – On me tuera plutôt que de l'obtenir de moi.

BARTHOLO, *frappant du pied.* – Madame ! madame !...

ROSINE *tombe sur un fauteuil et feint de se trouver mal* : Ah ! quelle indignité !...

BARTHOLO. – Donnez cette lettre ou craignez ma colère.

ROSINE, *renversée.* – Malheureuse Rosine !

BARTHOLO. – Qu'avez-vous donc ?

ROSINE. – Quel avenir affreux !

BARTHOLO. – Rosine !

ROSINE. – J'étouffe de fureur !

BARTHOLO. – Elle se trouve mal.

ROSINE. – Je m'affaiblis, je meurs.

BARTHOLO, *à part.* – Dieux ! la lettre ! Lisons-la sans qu'elle en soit instruite.

Il lui tâte le pouls et prend la lettre qu'il tâche de lire en se tournant un peu.

ROSINE, *toujours renversée.* – Infortunée ! ah !....

BARTHOLO *lui quitte le bras, et dit à part.* – Quelle rage a-t-on d'apprendre ce qu'on craint toujours de savoir !

ROSINE. – Ah ! pauvre Rosine !

BARTHOLO. – L'usage des odeurs [1]... produit ces affections spasmodiques [2].

Il lit par-derrière le fauteuil en lui tâtant le pouls. Rosine se relève un peu, le regarde finement, fait un geste de tête, et se remet sans parler.

BARTHOLO, *à part.* – Ô Ciel ! c'est la lettre de son cousin. Maudite inquiétude ! Comment l'apaiser maintenant ? Quelle ignore au moins que je l'ai lue !

Il fait semblant de la soutenir et remet la lettre dans la pochette.

1. *Odeurs :* parfums. \ 2. *Spasmodiques :* marquées par des contractions musculaires.

ROSINE *soupire.* – Ah!...

BARTHOLO. – Eh bien! ce n'est rien, mon enfant; un petit mouvement de vapeurs[1], voilà tout; car ton pouls n'a seulement pas varié.

Il va prendre un flacon sur la console[2].

ROSINE, *à part.* – Il a remis la lettre: fort bien!

BARTHOLO. – Ma chère Rosine, un peu de cette eau spiritueuse[3].

ROSINE. – Je ne veux rien de vous; laissez-moi.

BARTHOLO. – Je conviens que j'ai montré trop de vivacité sur ce billet.

ROSINE. – Il s'agit bien du billet! C'est votre façon de demander les choses qui est révoltante.

BARTHOLO, *à genoux.* – Pardon; j'ai bientôt senti tous mes torts, et tu me vois à tes pieds, prêt à les réparer.

ROSINE. – Oui, pardon! lorsque vous croyez que cette lettre ne vient pas de mon cousin.

BARTHOLO. – Qu'elle soit d'un autre ou de lui, je ne veux aucun éclaircissement.

ROSINE, *lui présentant la lettre.* – Vous voyez qu'avec de bonnes façons, on obtient tout de moi. Lisez-la.

BARTHOLO. – Cet honnête procédé dissiperait mes soupçons, si j'étais assez malheureux pour en conserver.

ROSINE. – Lisez-la donc, monsieur.

BARTHOLO *se retire.* – À Dieu ne plaise que je te fasse une pareille injure!

ROSINE. – Vous me contrariez de la refuser.

BARTHOLO. – Reçois en réparation cette marque de ma parfaite confiance. Je vais voir la pauvre Marceline, que ce

---

1. *Mouvement de vapeurs:* malaises nerveux, essentiellement attribués aux femmes, que la médecine de l'époque attribuait à des exhalaisons montant des organes vers le cerveau. \ **2.** *Console:* petite table appuyée à un mur. \ **3.** *Eau spiritueuse:* eau alcoolisée qui servait pour faire revenir à soi une personne évanouie.

Figaro a, je ne sais pourquoi, saignée du pied ; n'y viens-tu pas aussi ?

ROSINE. – J'y monterai dans un moment.

BARTHOLO. – Puisque la paix est faite, mignonne, donne-moi ta main. Si tu pouvais m'aimer ! ah, comme tu serais heureuse !

ROSINE, *baissant les yeux.* – Si vous pouviez me plaire, ah ! comme je vous aimerais !

BARTHOLO. – Je te plairai, je te plairai ; quand je te dis que je te plairai !

Il sort.

ROSINE *le regarde aller.* – Ah ! Lindor ! Il dit qu'il me plaira !... Lisons cette lettre qui a manqué de me causer tant de chagrin. *(Elle lit et s'écrie.)* Ah !... J'ai lu trop tard ; il me recommande de tenir une querelle ouverte[1] avec mon tuteur ; j'en avais une si bonne, et je l'ai laissée échapper ! En recevant la lettre, j'ai senti que je rougissais jusqu'aux yeux. Ah ! mon tuteur a raison. Je suis bien loin d'avoir cet usage du monde, qui, me dit-il souvent, assure le maintien des femmes en toute occasion ! mais un homme injuste parviendrait à faire une rusée de l'innocence même.

FIN DU SECOND ACTE.

1. *Tenir une querelle ouverte :* continuer à me disputer.

Acte III

Scène première

BARTHOLO, *seul et désolé.*

Quelle humeur ! quelle humeur ! Elle paraissait apaisée… Là, qu'on me dise qui diable lui a fourré dans la tête de ne plus vouloir prendre leçon de Don Bazile ! Elle sait qu'il sc mêle de mon mariage… *(On heurte à la porte.)* Faites tout au monde pour plaire aux femmes ; si vous omettez un seul petit point… je dis un seul… *(On heurte une seconde fois.)* Voyons qui c'est.

Scène 2

BARTHOLO, LE COMTE *en bachelier.*

LE COMTE. – Que la paix et la joie habitent toujours céans[1] !

BARTHOLO, *brusquement.* – Jamais souhait ne vint plus à propos. Que voulez-vous ?

LE COMTE. – Monsieur, je suis Alonzo, bachelier, licencié…

BARTHOLO. – Je n'ai pas besoin de précepteur[2].

LE COMTE. – élève de Don Bazile, organiste du grand couvent, qui a l'honneur de montrer la musique à madame votre…

---

1. *Céans :* ici. \ **2.** *Précepteur :* éducateur engagé par une famille aisée pour assurer, moyennant rétribution, l'instruction et l'éducation du (ou des) enfant(s).

BARTHOLO. – Bazile ! Organiste ! qui a l'honneur ! Je le sais, au fait.

LE COMTE *(À part.).* – Quel homme ! *(Haut.)* Un mal subit qui le force à garder le lit…

BARTHOLO. – Garder le lit ! Bazile ! Il a bien fait d'envoyer[1] ; je vais le voir à l'instant.

LE COMTE *(À part.).* – Oh diable ! *(Haut.)* Quand je dis le lit, monsieur, c'est… la chambre que j'entends[2].

BARTHOLO. – Ne fût-il qu'incommodé[3]… Marchez devant, je vous suis.

LE COMTE, *embarrassé.* – Monsieur, j'étais chargé… Personne ne peut-il nous entendre ?

BARTHOLO *(À part.).* – C'est quelque fripon. *(Haut.)* Eh ! non, monsieur le mystérieux. Parlez sans vous troubler, si vous pouvez.

LE COMTE *(À part.).* – Maudit vieillard ! *(Haut.)* Don Bazile m'avait chargé de vous apprendre…

BARTHOLO. – Parlez haut, je suis sourd d'une oreille.

LE COMTE, *élevant la voix.* – Ah ! volontiers. Que le comte Almaviva, qui restait à la grande place…

BARTHOLO, *effrayé.* – Parlez bas, parlez bas !

LE COMTE, *plus haut.* – … En est délogé ce matin. Comme c'est par moi qu'il a su que le comte Almaviva…

BARTHOLO. – Bas ; parlez bas ; je vous prie.

LE COMTE, *du même ton.* – … Était en cette ville, et que j'ai découvert que la signora Rosine lui a écrit…

BARTHOLO. – Lui a écrit ? Mon cher ami, parlez plus bas, je vous en conjure. Tenez, asseyons-nous et jasons d'amitié. Vous avez découvert, dites-vous, que Rosine…

1. *D'envoyer :* envoyer un messager. \ **2.** *C'est… (…) j'entends :* c'est la chambre que je veux dire. \ **3.** *Ne fût-il qu'incommodé :* pourvu qu'il soit seulement incommodé (Bartholo a en effet besoin de lui pour mener ses intrigues à terme).

LE COMTE, *fièrement.* – Assurément. Bazile, inquiet pour vous de cette correspondance, m'avait prié de vous montrer sa lettre ; mais la manière dont vous prenez les choses...

BARTHOLO. – Eh ! mon dieu ! je les prends bien. Mais ne vous est-il donc pas possible de parler plus bas ?

LE COMTE. – Vous êtes sourd d'une oreille, avez-vous dit !

BARTHOLO. – Pardon, pardon, seigneur Alonzo, si vous m'avez trouvé méfiant et dur ; mais je suis tellement entouré d'intrigants, de pièges... Et puis votre tournure, votre âge, votre air... Pardon, pardon. Eh bien ! vous avez la lettre ?

LE COMTE. – À la bonne heure sur ce ton, monsieur ; mais je crains qu'on ne soit aux écoutes.

BARTHOLO. – Eh ! qui voulez-vous ? Tous mes valets sur les dents[1] ! Rosine enfermée de fureur ! Le Diable est entré chez moi. Je vais encore m'assurer...

Il va ouvrir doucement la porte de Rosine.

LE COMTE, *à part.* – Je me suis enferré de dépit[2]... Garder la lettre à présent ! Il faudra m'enfuir : autant vaudrait n'être pas venu... La lui montrer... Si je puis en prévenir Rosine, la montrer est un coup de maître.

BARTHOLO *revient sur la pointe des pieds.* – Elle est assise auprès de sa fenêtre, le dos tourné à la porte, occupée à relire une lettre de son cousin l'officier, que j'avais décachetée... Voyons donc la sienne.

LE COMTE *lui remet la lettre de Rosine.* – La voici *(À part.)* C'est ma lettre qu'elle relit.

BARTHOLO *lit.* – « Depuis que vous m'avez appris votre nom et votre état. » Ah ! la perfide, c'est bien là sa main.

LE COMTE *effrayé.* – Parlez donc bas à votre tour.

BARTHOLO. – Quelle obligation, mon cher !...

1. *Sur les dents :* épuisés. \ **2.** *Je me suis enferré de dépit :* je me suis enfermé dans une situation dont je ne peux plus sortir

Le Comte. – Quand tout sera fini, si vous croyez m'en devoir, vous serez le maître… D'après un travail que fait actuellement Don Bazile avec un homme de loi…

Bartholo. – Avec un homme de loi, pour mon mariage ?

Le Comte. – Sans doute. Il m'a chargé de vous dire que tout peut être prêt pour demain. Alors, si elle résiste…

Bartholo. – Elle résistera.

Le Comte *veut reprendre la lettre, Bartholo la serre.* – Voilà l'instant où je puis vous servir ; nous lui montrerons sa lettre, et, s'il le faut, *(plus mystérieusement)* j'irai jusqu'à lui dire que je la tiens d'une femme à qui le comte l'a sacrifiée ; vous sentez que le trouble, la honte, le dépit, peuvent la porter sur-le-champ…

Bartholo, *riant.* – De la calomnie ! mon cher ami, je vois bien maintenant que vous venez de la part de Bazile… Mais pour que ceci n'eût pas l'air concerté[1], ne serait-il pas bon qu'elle vous connût d'avance ?

Le Comte *réprime un grand mouvement de joie.* – C'était assez l'avis de Don Bazile ; mais comment faire ? Il est tard… au peu de temps qui reste…

Bartholo. – Je dirai que vous venez en sa place. Ne lui donnerez-vous pas bien une leçon ?

Le Comte. – Il n'y a rien que je ne fasse pour vous plaire. Mais prenez garde que toutes ces histoires de maîtres supposés sont de vieilles finesses, des moyens de comédie ; si elle va se douter ?…

Bartholo. – Présenté par moi ? Quelle apparence ? Vous avez plus l'air d'un amant déguisé que d'un ami officieux[2].

Le Comte. – Oui ? Vous croyez donc que mon air peut aider à la tromperie ?

---

1. *L'air concerté :* l'air d'être préparé à l'avance. \ **2.** *Officieux :* qui aime rendre service.

BARTHOLO. – Je le donne au plus fin à deviner[1]. Elle est ce soir d'une humeur horrible. Mais quand elle ne ferait que vous voir… Son clavecin est dans ce cabinet. Amusez-vous en l'attendant, je vais faire l'impossible pour l'amener.

LE COMTE. – Gardez-vous bien de lui parler de la lettre.

BARTHOLO. – Avant l'instant décisif? Elle perdrait tout son effet. Il ne faut pas me dire deux fois les choses; il ne faut pas me les dire deux fois.

Il s'en va.

Scène 3

LE COMTE, *seul*

Me voilà sauvé. Ouf! Que ce diable d'homme est rude à manier! Figaro le connaît bien. Je me voyais mentir; cela me donnait un air plat et gauche; et il a des yeux!… Ma foi, sans l'inspiration subite de la lettre, il faut l'avouer, j'étais éconduit[2] comme un sot. Ô Ciel! on dispute[3] là-dedans. Si elle allait s'obstiner à ne pas venir! Écoutons… Elle refuse de sortir de chez elle, et j'ai perdu le fruit de ma ruse. *(Il retourne écouter.)* La voici; ne nous montrons pas d'abord.

Il entre dans le cabinet.

1. *Je le donne au plus fin à deviner:* même le plus fin des hommes ne devinerait pas la vérité. \ 2. *Éconduit:* repoussé. \ 3. *On dispute:* on discute.

Scène 4

LE COMTE, ROSINE, BARTHOLO

ROSINE, *avec une colère simulée.* – Tout ce que vous direz est inutile, monsieur. J'ai pris mon parti, je ne veux plus entendre parler de musique.

BARTHOLO. – Écoute donc, mon enfant ; c'est le seigneur Alonzo, l'élève et l'ami de Don Bazile, choisi par lui pour être un de nos témoins. La musique te calmera, je t'assure.

ROSINE. – Oh ! pour cela, vous pouvez vous en détacher [1] ; si je chante ce soir !... Où donc est-il ce maître que vous craignez de renvoyer ? Je vais, en deux mots, lui donner son compte et celui de Bazile. *(Elle aperçoit son amant. Elle fait un cri.)* Ah !...

BARTHOLO. – Qu'avez-vous ?

ROSINE, *les deux mains sur son cœur, avec un grand trouble.* – Ah ! mon Dieu, monsieur... Ah ! mon Dieu, monsieur...

BARTHOLO. – Elle se trouve encore mal... Seigneur Alonzo ?

ROSINE. – Non, je ne me trouve pas mal... mais c'est qu'en me tournant... Ah !

LE COMTE. – Le pied vous a tourné, madame ?

ROSINE. – Ah ! oui, le pied m'a tourné. Je me suis fait un mal horrible.

LE COMTE. – Je m'en suis bien aperçu.

ROSINE, *regardant le comte.* – Le coup m'a porté au cœur.

BARTHOLO. – Un siège, un siège. Et pas un fauteuil ici ?

Il va le chercher.

LE COMTE. – Ah ! Rosine !

ROSINE. – Quelle imprudence !

LE COMTE. – J'ai mille choses essentielles à vous dire.

ROSINE. – Il ne nous quittera pas.

---

1. *S'en détacher :* quitter cette idée.

LE COMTE. – Figaro va venir nous aider.

BARTHOLO *apporte un fauteuil.* – Tiens, mignonne, assieds-toi. Il n'y a pas d'apparence, bachelier, qu'elle prenne de leçon ce soir[1] ; ce sera pour un autre jour. Adieu.

ROSINE, *au comte.* – Non, attendez, ma douleur est un peu apaisée. *(À Bartholo :)* Je sens que j'ai eu tort avec vous, monsieur. Je veux vous imiter en réparant sur-le-champ…

BARTHOLO. – Oh ! le bon petit naturel de femme ! Mais après une pareille émotion, mon enfant, je ne souffrirai pas que tu fasses le moindre effort. Adieu, adieu, bachelier.

ROSINE, *au comte.* – Un moment, de grâce ! *(À Bartholo :)* Je croirai, monsieur, que vous n'aimez pas à m'obliger si vous m'empêchez de vous prouver mes regrets en prenant ma leçon.

LE COMTE, *à part, à Bartholo.* – Ne la contrariez pas, si vous m'en croyez.

BARTHOLO. – Voilà qui est fini, mon amoureuse. Je suis si loin de chercher à te déplaire que je veux rester là tout le temps que tu vas étudier.

ROSINE. – Non, monsieur : je sais que la musique n'a nul attrait pour vous.

BARTHOLO. – Je t'assure que ce soir elle m'enchantera.

ROSINE, *au comte, à part.* – Je suis au supplice.

LE COMTE, *prenant un papier de musique sur le pupitre.* – Est-ce là ce que vous voulez chanter madame ?

ROSINE. – Oui, c'est un morceau très agréable de *La Précaution inutile*.

BARTHOLO. – Toujours *La Précaution inutile* ?

LE COMTE. – C'est ce qu'il y a de plus nouveau aujourd'hui. C'est une image du printemps, d'un genre assez vif. Si Madame veut l'essayer…

1. *Il n'y a pas d'apparence (…) qu'elle prenne de leçon ce soir :* il est hors de question qu'elle prenne sa leçon ce soir.

ROSINE, *regardant le comte.* – Avec grand plaisir : un tableau du printemps me ravit ; c'est la jeunesse de la nature. Au sortir de l'hiver, il semble que le cœur acquière un plus haut degré de sensibilité ; comme un esclave enfermé depuis longtemps goûte avec plus de plaisir le charme de la liberté qui vient de lui être offerte.

BARTHOLO, *bas au comte.* – Toujours des idées romanesques en tête.

LE COMTE, *bas.* – En sentez-vous l'application [1] ?

BARTHOLO. – Parbleu !

Il va s'asseoir dans le fauteuil qu'a occupé Rosine.

ROSINE *chante* [2] :

Quand, dans la plaine,
L'amour ramène
Le printemps
Si chéri des amants,
Tout reprend l'être,
Son feu pénètre
Dans les fleurs,
Et dans les jeunes cœurs.
On voit les troupeaux
Sortir des hameaux [3] *;*

1. *En sentez-vous l'application :* « sentez-vous à quel point elles s'appliquent dans la situation présente ? » \ **2.** « Cette ariette, dans le goût espagnol, fut chantée le premier jour à Paris, malgré les huées, les rumeurs et le train usités au parterre en ces jours de crise et de combat. La timidité de l'actrice l'a depuis empêchée d'oser la redire, et les jeunes rigoristes du théâtre l'ont fort louée de cette réticence. Mais si la dignité de la Comédie-Française y a gagné quelque chose, il faut convenir que *Le Barbier de Séville* y a beaucoup perdu. C'est pourquoi, sur les théâtres où quelque peu de musique ne tirera pas tant à conséquence, nous invitons tous directeurs à la restituer, tous acteurs à la chanter, tous spectateurs à l'écouter, tous critiques à nous la pardonner en faveur du genre de la pièce et du plaisir que leur fera le morceau » (Note de l'auteur reproduite dans l'édition de la « Bibliothèque de la Pléiade »). \ **3.** *Hameaux :* à la campagne, petits groupes d'habitations isolées.

Dans tous les coteaux,
Les cris des agneaux
Retentissent ;
Ils bondissent ;
Tout fermente,
Tout augmente ;
Les brebis paissent
Les fleurs qui naissent ;
Les chiens fidèles
Veillent sur elles ;
Mais Lindor, enflammé,
Ne songe guère
Qu'au bonheur d'être aimé
De sa bergère.

Même air

Loin de sa mère,
Cette bergère
Va chantant,
Où son amant l'attend ;
Par cette ruse
L'amour l'abuse ;
Mais chanter,
Sauve-t-il du danger ?
Les doux chalumeaux[1]*,*
Les chants des oiseaux,
Ses charmes naissants,
Ses quinze ou seize ans,
Tout l'excite,
Tout l'agite ;
La pauvrette

1. *Chalumeaux* : flûtes faites d'un roseau percé.

S'inquiète;
De sa retraite,
Lindor la guette;
Elle s'avance;
Lindor s'élance;
Il vient de l'embrasser:
Elle, bien aise,
Feint de se courroucer[1],
Pour qu'on l'apaise.

PETITE REPRISE

Les soupirs,
Les soins, les promesses,
Les vives tendresses,
Les plaisirs,
Le fin badinage,
Sont mis en usage;
Et bientôt la bergère
Ne sent plus de colère.
Si quelque jaloux
Trouble un bien si doux,
Nos amants, d'accord,
Ont un soin extrême...
De voiler leur transport;
Mais quand on s'aime,
La gêne ajoute encor
Au plaisir même.

En l'écoutant, Bartholo s'est assoupi. Le comte, pendant la petite reprise, se hasarde à prendre une main qu'il couvre de baisers. L'émotion

1. *Feint de se courroucer:* fait semblant de se mettre en colère.

ralentit le chant de Rosine, l'affaiblit, et finit même par lui couper la voix au milieu de la cadence, au mot « extrême ». L'orchestre[1] *suit le mouvement de la chanteuse, affaiblit son jeu et se tait avec elle. L'absence du bruit*[2] *qui avait endormi Bartholo le réveille. Le comte se relève, Rosine et l'orchestre reprennent subitement la suite de l'air. Si la petite reprise se répète, le même jeu recommence, etc.*

LE COMTE. – En vérité, c'est un morceau charmant, et Madame l'exécute avec une intelligence…

ROSINE. – Vous me flattez, seigneur ; la gloire est tout entière au maître.

BARTHOLO, *bâillant.* – Moi, je crois que j'ai un peu dormi pendant le morceau charmant. J'ai mes malades. Je vas, je viens, je toupille[3], et sitôt que je m'assieds, mes pauvres jambes…

Il se lève et pousse le fauteuil.

ROSINE, *bas, au comte.* – Figaro ne vient point !

LE COMTE. – Filons le temps[4].

BARTHOLO. – Mais, bachelier, je l'ai déjà dit à ce vieux Bazile : est-ce qu'il n'y aurait pas moyen de lui faire étudier des choses plus gaies que toutes ces grandes arias[5], qui vont en haut, en bas, en roulant, hi, ho, a, a, a, a, et qui me semblent autant d'enterrements ? Là, de ces petits airs qu'on chantait dans ma jeunesse, et que chacun retenait facilement. J'en savais autrefois… Par exemple… *(Pendant la ritournelle*[6]*, il cherche en se grattant la tête et chante en faisant claquer ses pouces et dansant des genoux comme les vieillards.)*

---

1. Jean Goldzink (*Le Barbier de Séville*, Paris, GF Flammarion, 2001, p. 179) signale que cette ariette, d'après la partition, nécessitait la participation de dix-huit musiciens. \ **2.** *Du bruit :* de son (le terme est neutre). \ **3.** *Toupiller :* tourner comme une toupie. \ **4.** *Filons le temps :* gagnons du temps. \ **5.** *Arias :* mélodies. \ **6.** *Ritournelle :* refrain entre chaque strophe.

Veux-tu, ma Rosinette,
Faire emplette[1]
Du roi des maris ?…

(Au comte, en riant :) Il y a Fanchonnette dans la chanson ; mais j'y ai substitué Rosinette, pour la lui rendre plus agréable et la faire cadrer aux circonstances. Ah, ah, ah, ah ! Fort bien ? pas vrai ?

LE COMTE, *riant.* – Ah ! ah ! ah ! Oui, tout au mieux.

Scène 5

FIGARO, *dans le fond* ; ROSINE, BARTHOLO, LE COMTE

BARTHOLO *chante* :

Veux-tu, ma Rosinette,
Faire emplette
Du roi des maris ?
Je ne suis point Tircis[2] *;*
Mais la nuit, dans l'ombre,
Je vaux encor mon prix ;
Et quand il fait sombre,
Les plus beaux chats sont gris.

(Il répète la reprise en dansant. Figaro, derrière lui, imite ses mouvements.)

Je ne suis point Tircis, etc.

1. *Faire emplette :* acheter. \ 2. *Tircis :* nom traditionnel du berger amoureux. On le trouve par exemple dans les *Fables* de La Fontaine (VIII, 13 ; X, 10).

(Apercevant Figaro.*)* Ah ! Entrez, monsieur le barbier ; avancez, vous êtes charmant !

FIGARO *salue.* – Monsieur, il est vrai que ma mère me l'a dit autrefois ; mais je suis un peu déformé depuis ce temps-là. *(À part, au comte :)* Bravo, monseigneur ! *(Pendant toute cette scène, le comte fait ce qu'il peut pour parler à Rosine, mais l'œil inquiet et vigilant du tuteur l'en empêche toujours, ce qui forme un jeu muet de tous les acteurs, étranger au débat du docteur et de Figaro.)*

BARTHOLO. – Venez-vous purger encore, saigner, droguer, mettre sur le grabat[1] toute ma maison ?

FIGARO. – Monsieur, il n'est pas tous les jours fête ; mais sans compter les soins quotidiens, Monsieur a pu voir que, lorsqu'ils en ont besoin, mon zèle n'attend pas qu'on lui commande…

BARTHOLO. – Votre zèle n'attend pas ! Que direz-vous, monsieur le zélé, à ce malheureux qui bâille et dort tout éveillé ? Et l'autre qui, depuis trois heures, éternue à se faire sauter le crâne et jaillir la cervelle ! que leur direz-vous ?

FIGARO. – Ce que je leur dirai ?

BARTHOLO. – Oui !

FIGARO. – Je leur dirai… Eh, parbleu ! je dirai à celui qui éternue « Dieu vous bénisse » et « va te coucher » à celui qui bâille. Ce n'est pas cela, monsieur, qui grossira le mémoire[2].

BARTHOLO. – Vraiment non ; mais c'est la saignée et les médicaments qui le grossiraient, si je voulais y entendre[3]. Est-ce par zèle aussi que vous avez empaqueté les yeux de ma mule ? et votre cataplasme lui rendra-t-il la vue ?

FIGARO. – S'il ne lui rend pas la vue, ce n'est pas cela non plus qui l'empêchera d'y voir.

---

1. *Purger (…) grabat :* rendre malade. *Grabat :* mauvais lit, un lit de malade. \ **2.** *Qui grossira le mémoire :* qui augmentera la facture des soins. \ **3.** *Entendre :* donner mon consentement.

BARTHOLO. – Que je le trouve sur le mémoire !... On n'est pas de cette extravagance-là !

FIGARO. – Ma foi, monsieur, les hommes n'ayant guère à choisir qu'entre la sottise et la folie, où je ne vois pas de profit, je veux au moins du plaisir ; et vive la joie ! Qui sait si le monde durera encore trois semaines [1] ?

BARTHOLO. – Vous feriez bien mieux, monsieur le raisonneur, de me payer mes cent écus [2] et les intérêts sans lanterner [3], je vous en avertis.

FIGARO. – Doutez-vous dc ma probité, monsieur ? Vos cent écus ! j'aimerais mieux vous les devoir toute ma vie que de les nier un seul instant.

BARTHOLO. – Et dites-moi un peu comment la petite Figaro a trouvé les bonbons [4] que vous lui avez portés ?

FIGARO. – Quels bonbons ? que voulez-vous dire ?

BARTHOLO. – Oui, ces bonbons dans ce cornet fait avec cette feuille de papier à lettre, ce matin.

FIGARO. – Diable emporte si...

ROSINE, *l'interrompant.* – Avez-vous eu soin au moins de les lui donner de ma part, monsieur Figaro ? Je vous l'avais recommandé.

FIGARO. – Ah ! ah ! Les bonbons de ce matin ? Que je suis bête, moi ! j'avais perdu tout cela de vue... Oh ! excellents, madame, admirables !

BARTHOLO. – Excellents ! Admirables ! Oui sans doute, monsieur le barbier, revenez sur vos pas ! Vous faites là un joli métier, monsieur !

FIGARO. – Qu'est-ce qu'il a donc, monsieur ?

BARTHOLO. – Et qui vous fera une belle réputation, monsieur !

FIGARO. – Je la soutiendrai, monsieur !

1. Souvenir du *Tiers livre* de Rabelais*:* « Qui sait si le monde durera encore trois ans ? » (chap. II). \ **2.** *Cf.* acte II, scène 4. \ **3.** *Lanterner :* attendre. \ **4.** *Cf.* acte II, scène 11.

BARTHOLO. – Dites que vous la supporterez, monsieur !

FIGARO. – Comme il vous plaira, monsieur !

BARTHOLO. – Vous le prenez bien haut, monsieur ! Sachez que quand je dispute avec un fat, je ne lui cède jamais.

FIGARO *lui tourne le dos.* – Nous différons en cela, monsieur ! moi je lui cède toujours.

BARTHOLO. – Hein ? qu'est-ce qu'il dit donc, bachelier ?

FIGARO. – C'est que vous croyez avoir affaire à quelque barbier de village, et qui ne sait manier que le rasoir ? Apprenez, monsieur, que j'ai travaillé de la plume à Madrid, et que sans les envieux...

BARTHOLO. – Eh ! que n'y restiez-vous, sans venir ici changer de profession ?

FIGARO. – On fait comme on peut ; mettez-vous à ma place.

BARTHOLO. – Me mettre à votre place ! Ah ! parbleu, je dirais de belles sottises !

FIGARO. – Monsieur, vous ne commencez pas trop mal ; je m'en rapporte à votre confrère qui est là rêvassant...

LE COMTE, *revenant à lui.* – Je... je ne suis pas le confrère de Monsieur.

FIGARO. – Non ? Vous voyant ici à consulter, j'ai pensé que vous poursuiviez le même objet.

BARTHOLO, *en colère.* – Enfin, quel sujet vous amène ? Y a-t-il quelque lettre à remettre encore ce soir à Madame ? Parlez, faut-il que je me retire ?

FIGARO. – Comme vous rudoyez[1] le pauvre monde ! Eh ! parbleu, monsieur, je viens vous raser, voilà tout : n'est-ce pas aujourd'hui votre jour ?

BARTHOLO. – Vous reviendrez tantôt.

FIGARO. – Ah ! oui, revenir ! Toute la garnison prend médecine[2]

1. *Rudoyer :* traiter avec brusquerie. \ **2.** *Prendre médecine :* prendre un médicament, en particulier une purge.

demain matin ; j'en ai obtenu l'entreprise par mes protections. Jugez donc comme j'ai du temps à perdre ! Monsieur passe-t-il chez lui ?

BARTHOLO. – Non, Monsieur ne passe point chez lui. Eh mais… qui empêche qu'on ne me rase ici ?

ROSINE, *avec dédain.* – Vous êtes honnête ! Et pourquoi pas dans mon appartement ?

BARTHOLO. – Tu te fâches ? Pardon, mon enfant, tu vas achever de prendre ta leçon ; c'est pour ne pas perdre un instant le plaisir de t'entendre.

FIGARO, *bas, au comte.* – On ne le tirera pas d'ici ! *(Haut.)* Allons, L'Éveillé, La Jeunesse ; le bassin[1], de l'eau, tout ce qu'il faut à Monsieur.

BARTHOLO. – Sans doute, appelez-les ! Fatigués, harassés, moulus de votre façon[2], n'a-t-il pas fallu les faire coucher ?

FIGARO. – Eh bien ! j'irai tout chercher ; n'est-ce pas dans votre chambre ? *(Bas, au comte :)* Je vais l'attirer dehors.

BARTHOLO *détache son trousseau de clefs et dit par réflexion.* – Non, non, j'y vais moi-même. *(Bas, au comte, en s'en allant :)* Ayez les yeux sur eux, je vous prie.

Scène 6

FIGARO, LE COMTE, ROSINE

FIGARO. – Ah ! que nous l'avons manqué belle ! il allait me donner le trousseau. La clef de la jalousie n'y est-elle pas ?

Rosine. – C'est la plus neuve de toutes.

1. *Bassin :* petite cuvette de barbier pour délayer le savon à barbe. \ **2.** *Moulus de votre façon :* épuisés par votre traitement.

Scène 7

BARTHOLO, FIGARO, LE COMTE, ROSINE

BARTHOLO *revenant, à part.* – Bon ! je ne sais ce que je fais de laisser ici ce maudit barbier. *(À Figaro :)* Tenez. *(Il lui donne le trousseau.)* Dans mon cabinet, sous mon bureau ; mais ne touchez à rien.

FIGARO. – La peste ! il y ferait bon, méfiant comme vous êtes ! *(À part, en s'en allant :)* Voyez comme le Ciel protège l'innocence !

Scène 8

BARTHOLO, LE COMTE, ROSINE

BARTHOLO, *bas, au comte.* – C'est le drôle qui a porté la lettre au comte.

LE COMTE, *bas.* – Il m'a l'air d'un fripon.

BARTHOLO. – Il ne m'attrapera plus.

LE COMTE. – Je crois qu'à cet égard le plus fort est fait.

BARTHOLO. – Tout considéré, j'ai pensé qu'il était plus prudent de l'envoyer dans ma chambre que de le laisser avec elle.

LE COMTE. – Ils n'auraient pas dit un mot que je n'eusse été en tiers.

ROSINE. – Il est bien poli, messieurs, de parler bas sans cesse ! Et ma leçon ?

Ici l'on entend un bruit, comme de la vaisselle renversée.

BARTHOLO, *criant.* – Qu'est-ce que j'entends donc ! Le cruel barbier aura tout laissé tomber par l'escalier, et les plus belles pièces de mon nécessaire[1] !…

Il court dehors.

1. *Nécessaire :* coffret contenant divers objets nécessaires pour la toilette, souvent fabriqués en porcelaine. Par extension, le mot peut désigner aussi l'ensemble de ces objets.

Scène 9

LE COMTE, ROSINE

LE COMTE. – Profitons du moment que l'intelligence[1] de Figaro nous ménage. Accordez-moi, ce soir, je vous en conjure, madame, un moment d'entretien indispensable pour vous soustraire à l'esclavage où vous allez tomber.

ROSINE. – Ah, Lindor !

LE COMTE. – Je puis monter à votre jalousie ; et quant à la lettre que j'ai reçue de vous ce matin, je me suis vu forcé…

Scène 10

ROSINE, BARTHOLO, FIGARO, LE COMTE

BARTHOLO. – Je ne m'étais pas trompé ; tout est brisé, fracassé.

FIGARO. – Voyez le grand malheur pour tant de train ! On ne voit goutte[2] sur l'escalier. *(Il montre la clef au comte.)* Moi, en montant, j'ai accroché une clef…

BARTHOLO. – On prend garde à ce qu'on fait. Accrocher une clef ! L'habile homme !

FIGARO. – Ma foi, monsieur, cherchez-en un plus subtil.

Scène 11

LES ACTEURS PRÉCÉDENTS, DON BAZILE

ROSINE, *effrayée, à part.* – Don Bazile !…

LE COMTE, *à part.* – Juste Ciel !

1. *L'intelligence :* la complicité. \ **2.** *On ne voit goutte :* on ne voit rien.

FIGARO, *à part.* – C'est le diable !

BARTHOLO *va au-devant de lui.* – Ah ! Bazile, mon ami, soyez le bien rétabli. Votre accident n'a donc point eu de suites ? En vérité, le seigneur Alonzo m'avait fort effrayé sur votre état ; demandez-lui, je partais pour vous aller voir, et s'il ne m'avait point retenu…

BAZILE, *étonné.* – Le seigneur Alonzo ?

FIGARO *frappe du pied.* – Eh quoi ! toujours des accrocs [1] ? Deux heures pour une méchante barbe… Chienne de pratique [2] !

BAZILE, *regardant tout le monde.* – Me ferez-vous bien le plaisir de me dire, messieurs ?…

FIGARO. – Vous lui parlerez quand je serai parti.

BAZILE. – Mais encore faudrait-il…

LE COMTE. – Il faudrait vous taire, Bazile. Croyez-vous apprendre à Monsieur quelque chose qu'il ignore ? Je lui ai raconté que vous m'aviez chargé de venir donner une leçon de musique à votre place.

BAZILE, *plus étonné.* – La leçon de musique !… Alonzo !…

ROSINE, *à part, à Bazile.* – Eh ! taisez-vous.

BAZILE. – Elle aussi !

LE COMTE, *bas, à Bartholo.* – Dites-lui donc tout bas que nous en sommes convenus.

BARTHOLO, *à Bazile, à part.* – N'allez pas nous démentir, Bazile, en disant qu'il n'est pas votre élève ; vous gâteriez tout.

BAZILE. – Ah ! ah !

BARTHOLO, *haut.* – En vérité, Bazile, on n'a pas plus de talent que votre élève.

BAZILE, *stupéfait.* – Que mon élève !… *(Bas :)* Je venais pour vous dire que le comte est déménagé.

BARTHOLO, *bas.* – Je le sais, taisez-vous.

---

1. *Accrocs :* des incidents imprévus et passagers qui interrompent le déroulement d'une action. \ **2.** *Chienne de pratique :* terme injurieux pour désigner la clientèle.

BAZILE, *bas.* – Qui vous l'a dit ?

BARTHOLO, *bas.* – Lui, apparemment !

LE COMTE, *bas.* – Moi, sans doute : écoutez seulement.

ROSINE, *bas, à Bazile.* – Est-il si difficile de vous taire ?

FIGARO, *bas, à* Bazile. – Hum ! Grand escogriffe [1] ! Il est sourd !

BAZILE, *à part.* – Qui diable est-ce donc qu'on trompe ici ? Tout le monde est dans le secret !

BARTHOLO, *haut.* – Eh bien, Bazile, votre homme de loi ?…

FIGARO. – Vous avez toute la soirée pour parler de l'homme de loi.

BARTHOLO, *à Bazile.* – Un mot ; dites-moi seulement si vous êtes content de l'homme de loi.

BAZILE, *effaré.* – De l'homme de loi ?

LE COMTE, *souriant.* – Vous ne l'avez pas vu, l'homme de loi ?

BAZILE, *impatienté.* – Eh ! non, je ne l'ai pas vu, l'homme de loi.

LE COMTE, *à Bartholo, à part.* – Voulez-vous donc qu'il s'explique ici devant elle ? Renvoyez-le.

BARTHOLO, *bas, au comte.* – Vous avez raison. *(À Bazile :)* Mais quel mal vous a donc pris si subitement ?

BAZILE, *en colère.* – Je ne vous entends pas.

LE COMTE *lui met, à part, une bourse dans la main.* – Oui, Monsieur vous demande ce que vous venez faire ici, dans l'état d'indisposition où vous êtes.

FIGARO. – Il est pâle comme un mort !

BAZILE. – Ah ! je comprends…

LE COMTE. – Allez vous coucher, mon cher Bazile : vous n'êtes pas bien, et vous nous faites mourir de frayeur. Allez vous coucher.

FIGARO. – Il a la physionomie toute renversée [2]. Allez vous coucher.

---

1. *Grand escogriffe :* homme de grande taille et mal bâti. \ **2.** *La physionomie toute renversée :* le visage bouleversé.

BARTHOLO. – D'honneur[1], il sent la fièvre d'une lieue[2]. Allez vous coucher.

ROSINE. – Pourquoi donc êtes-vous sorti ? On dit que cela se gagne. Allez vous coucher.

BAZILE, *au dernier étonnement.* – Que j'aille me coucher ?

TOUS LES ACTEURS ENSEMBLE. – Eh ! sans doute.

BAZILE, *les regardant tous.* En effet, messieurs, je crois que je ne ferai pas mal de me retirer ; je sens que je ne suis pas ici dans mon assiette ordinaire.

BARTHOLO. – À demain, toujours ; si vous êtes mieux !

LE COMTE. – Bazile, je serai chez vous de très bonne heure.

FIGARO. – Croyez-moi, tenez-vous bien chaudement dans votre lit.

ROSINE. – Bonsoir, monsieur Bazile.

BAZILE, *à part.* – Diable emporte si j'y comprends rien ; et sans cette bourse…

TOUS. – Bonsoir, Bazile, bonsoir.

BAZILE, *en s'en allant.* – Eh bien ! bonsoir donc, bonsoir.

Ils l'accompagnent tous en riant.

Scène 12

LES ACTEURS PRÉCÉDENTS, EXCEPTÉ BAZILE

BARTHOLO, *d'un ton important.* – Cet homme-là n'est pas bien du tout.

ROSINE. – Il a les yeux égarés.

LE COMTE. – Le grand air l'aura saisi.

FIGARO. – Avez-vous vu comme il parlait tout seul ? Ce que

1. *D'honneur :* parole d'honneur. \ 2. *Une lieue :* mesure de distance environ égale à quatre kilomètres, en vigueur avant l'adoption du système métrique. L'hyperbole suggère que la maladie du personnage se voit à plusieurs kilomètres !

c'est que de nous[1] ! *(À Bartholo :)* Ah çà, vous décidez-vous, cette fois ?

Il lui pousse un fauteuil très loin du comte et lui présente le linge.

LE COMTE. – Avant de finir, madame, je dois vous dire un mot essentiel au progrès de l'art que j'ai l'honneur de vous enseigner.

Il s'approche et lui parle bas à l'oreille.

BARTHOLO, *à Figaro.* – Eh mais ! il semble que vous le fassiez exprès de vous approcher et de vous mettre devant moi pour m'empêcher de voir...

LE COMTE, *bas à Rosine.* – Nous avons la clef de la jalousie, et nous serons ici à minuit.

FIGARO *passe le linge au cou de Bartholo.* – Quoi voir ? Si c'était une leçon de danse, on vous passerait d'y regarder ; mais du chant... Aïe, aïe !

BARTHOLO. – Qu'est-ce que c'est ?

FIGARO. – Je ne sais ce qui m'est entré dans l'œil.

Il rapproche sa tête.

BARTHOLO. – Ne frottez donc pas.

FIGARO. – C'est le gauche. Voudriez-vous me faire le plaisir d'y souffler un peu fort ?

BARTHOLO *prend la tête de Figaro, regarde par-dessus, le pousse violemment et va derrière les amants écouter leur conversation.*

LE COMTE, *bas, à Rosine.* – Et quant à votre lettre, je me suis trouvé tantôt dans un tel embarras pour rester ici...

FIGARO, *de loin, pour avertir.* – Hem !... hem !...

LE COMTE. – Désolé de voir encore mon déguisement inutile...

BARTHOLO, *passant entre deux.* – Votre déguisement inutile !

ROSINE, *effrayée.* – Ah !...

1. *Ce que c'est que de nous :* pauvres de nous.

BARTHOLO. – Fort bien, madame, ne vous gênez pas. Comment ! sous mes yeux mêmes, en ma présence, on m'ose outrager de la sorte !

LE COMTE. – Qu'avez-vous donc, seigneur ?

BARTHOLO. – Perfide Alonzo !

LE COMTE. – Seigneur Bartholo, si vous avez souvent des lubies comme celle dont le hasard me rend témoin, je ne suis plus étonné de l'éloignement que Mademoiselle a pour devenir votre femme.

ROSINE. – Sa femme ! Moi ! Passer mes jours auprès d'un vieux jaloux, qui, pour tout bonheur, offre à ma jeunesse un esclavage abominable !

BARTHOLO. – Ah ! qu'est-ce que j'entends !

ROSINE. – Oui, je le dis tout haut : je donnerai mon cœur et ma main à celui qui pourra m'arracher de cette horrible prison, où ma personne et mon bien sont retenus contre toutes les lois.

Rosine sort.

Scène 13

BARTHOLO, FIGARO, LE COMTE

BARTHOLO. – La colère me suffoque.

LE COMTE. – En effet seigneur, il est difficile qu'une jeune femme…

FIGARO. – Oui, une jeune femme, et un grand âge, voilà ce qui trouble la tête d'un vieillard.

BARTHOLO. – Comment ! lorsque je les prends sur le fait !… Maudit barbier ! il me prend des envies…

FIGARO. – Je me retire, il est fou.

LE COMTE. – Et moi aussi ; d'honneur, il est fou.

FIGARO. – Il est fou, il est fou…

Ils sortent.

Scène 14

BARTHOLO, *seul, les poursuit.*

Je suis fou ! Infâmes suborneurs[1] ! émissaires[2] du diable, dont vous faites ici l'office, et qui puisse vous emporter tous !… Je suis fou !… Je les ai vus comme je vois ce pupitre… et me soutenir effrontément !… Ah ! il n'y a que Bazile qui puisse m'expliquer ceci. Oui, envoyons-le chercher. Holà, quelqu'un !… Ah ! j'oublie que je n'ai personne… Un voisin, le premier venu, n'importe. Il y a de quoi perdre l'esprit ! il y a de quoi perdre l'esprit !

FIN DU TROISIÈME ACTE

Pendant l'entracte, le théâtre s'obscurcit ; on entend un bruit d'orage, et l'orchestre joue celui qui est gravé dans le recueil de la musique du « Barbier ».

1. *Suborneurs :* corrupteurs, séducteurs. \ **2.** *Émissaires :* envoyés.

Acte IV

Scène première

Le théâtre[1] *est obscur.*

BARTHOLO, DON BAZILE, *une lanterne de papier*[2] *à la main.*

BARTHOLO. – Comment, Bazile, vous ne le connaissez pas ? ce que vous dites est-il possible ?

BAZILE. – Vous m'interrogeriez cent fois que je vous ferais toujours la même réponse. S'il vous a remis la lettre de Rosine, c'est sans doute un des émissaires du comte. Mais, à la magnificence du présent qu'il m'a fait, il se pourrait que ce fût le comte lui-même.

BARTHOLO. – Quelle apparence[3] ? Mais à propos de ce présent, eh ! pourquoi l'avez-vous reçu ?

BAZILE. – Vous aviez l'air d'accord ; je n'y entendais[4] rien ; et dans les cas difficiles à juger, une bourse d'or me paraît toujours un argument sans réplique. Et puis, comme dit le proverbe, ce qui est bon à prendre…

BARTHOLO. – J'entends, est bon…

BAZILE. – À garder[5].

BARTHOLO, *surpris.* – Ah ! ah !

BAZILE. – Oui, j'ai arrangé comme cela plusieurs petits

---

1. *Le théâtre :* la scène. \ **2.** *Lanterne de papier :* il existe aussi des lanternes de papier et de verre. \ **3.** *Apparence :* vraisemblance. Bartholo suggère que l'hypothèse de Bazile est invraisemblable. \ **4.** *Entendais :* comprenais. \ **5.** *À garder :* le proverbe originel est : « Ce qui est bon à prendre est bon à rendre. » Bazile inverse le sens.

proverbes avec des variations. Mais, allons au fait : à quoi vous arrêtez-vous[1] ?

Bartholo. – En ma place, Bazile, ne feriez-vous pas les derniers efforts pour la posséder ?

Bazile. – Ma foi non, docteur. En toute espèce de biens, posséder est peu de chose ; c'est jouir qui rend heureux : mon avis est qu'épouser une femme dont on n'est point aimé, c'est s'exposer…

Bartholo. – Vous craindriez les accidents ?

Bazile. – Hé ! hé ! monsieur… on en voit beaucoup, cette année. Je ne ferais point violence à son cœur.

Bartholo. – Votre valet[2], Bazile. Il vaut mieux qu'elle pleure de m'avoir que moi je meure de ne l'avoir pas.

Bazile. – Il y va de la vie ? Épousez, docteur, épousez.

Bartholo. – Aussi ferai-je, et cette nuit même.

Bazile. – Adieu donc. Souvenez-vous, en parlant à la pupille, de les[3] rendre tous plus noirs que l'enfer.

Bartholo. – Vous avez raison.

Bazile. – La calomnie, docteur, la calomnie. Il faut toujours en venir là.

Bartholo. – Voici la lettre de Rosine, que cet Alonzo m'a remise ; et il m'a montré, sans le vouloir, l'usage que j'en dois faire auprès d'elle.

Bazile. – Adieu : nous serons tous ici à quatre heures.

Bartholo. – Pourquoi pas plus tôt ?

Bazile. – Impossible : le notaire est retenu.

Bartholo. – Pour un mariage.

Bazile. – Oui, chez le barbier Figaro ; c'est sa nièce qu'il marie.

Bartholo. – Sa nièce ? il n'en a pas.

---

1. *À quoi vous arrêtez-vous :* à quoi vous décidez-vous ? \ **2.** *Votre valet :* pour « Je suis votre valet. » Formule familière qui exprime le désaccord. \ **3.** *Les :* les hommes.

BAZILE. – Voilà ce qu'ils ont dit au notaire.

BARTHOLO. – Ce drôle est du complot… Que diable !…

BAZILE. – Est-ce que vous penseriez ?…

BARTHOLO. – Ma foi, ces gens-là sont si alertes[1] ! Tenez, mon ami, je ne suis pas tranquille. Retournez chez le notaire. Qu'il vienne ici sur-le-champ avec vous.

BAZILE. – Il pleut, il fait un temps du diable ; mais rien ne m'arrête pour vous servir. Que faites-vous donc ?

BARTHOLO. – Je vous reconduis : n'ont-ils pas fait estropier tout mon monde par ce Figaro ! Je suis seul ici.

BAZILE. – J'ai ma lanterne.

Bartholo. – Tenez, Bazile, voilà mon passe-partout, je vous attends, je veille ; et vienne qui voudra, hors le notaire et vous, personne n'entrera de la nuit.

BAZILE. – Avec ces précautions, vous êtes sûr de votre fait.

Scène 2

ROSINE, *seule, sortant de sa chambre.*

Il me semblait avoir entendu parler. Il est minuit sonné ; Lindor ne vient point ! Ce mauvais temps même était propre à le favoriser. Sûr de ne rencontrer personne… Ah ! Lindor ! si vous m'aviez trompée ! Quel bruit entends-je ?… Dieux ! c'est mon tuteur. Rentrons.

1. *Alertes* : vifs, entreprenant, toujours prêts à inventer de nouvelles ruses. Le sens ancien, « en alerte », est peut-être présent aussi.

Scène 3

ROSINE, BARTHOLO

BARTHOLO *rentre avec de la lumière.* – Ah ! Rosine, puisque vous n'êtes pas encore rentrée dans votre appartement…

ROSINE. – Je vais me retirer.

BARTHOLO. – Par le temps affreux qu'il fait, vous ne reposerez pas, et j'ai des choses très pressées à vous dire.

ROSINE. – Que me voulez-vous, monsieur ? N'est-ce donc pas assez d'être tourmentée le jour ?

BARTHOLO. – Rosine, écoutez-moi.

ROSINE. – Demain je vous entendrai.

BARTHOLO. – Un moment, de grâce.

ROSINE, *à part.* – S'il allait venir !

BARTHOLO *lui montre sa lettre.* – Connaissez-vous cette lettre ?

ROSINE *la reconnaît.* – Ah ! grands dieux !…

BARTHOLO. – Mon intention, Rosine, n'est point de vous faire de reproches : à votre âge on peut s'égarer ; mais je suis votre ami, écoutez-moi.

ROSINE. – Je n'en puis plus.

BARTHOLO. – Cette lettre que vous avez écrite au comte Almaviva…

ROSINE, *étonnée.* – Au comte Almaviva ?

BARTHOLO. – Voyez quel homme affreux est ce comte : aussitôt qu'il l'a reçue, il en a fait trophée[1] ; je la tiens d'une femme à qui il l'a sacrifiée.

ROSINE. – Le comte Almaviva !…

BARTHOLO. – Vous avez peine à vous persuader cette horreur. L'inexpérience, Rosine, rend votre sexe confiant et crédule ; mais apprenez dans quel piège on vous attirait. Cette femme m'a fait donner avis de tout, apparemment pour écarter une

1. *En a fait trophée :* en a tiré vanité.

rivale aussi dangereuse que vous. J'en frémis ! le plus abominable complot, entre Almaviva, Figaro et cet Alonzo, cet élève supposé de Bazile, qui porte un autre nom et n'est que le vil agent du comte, allait vous entraîner dans un abîme dont rien n'eût pu vous tirer.

ROSINE, *accablée.* – Quelle horreur !... quoi Lindor !... quoi ce jeune homme !...

BARTHOLO, *à part.* – Ah ! c'est Lindor.

ROSINE. – C'est pour le comte Almaviva... C'est pour un autre...

BARTHOLO. – Voilà ce qu'on m'a dit en me remettant votre lettre.

ROSINE, *outrée.* – Ah ! quelle indignité !... Il en sera puni. Monsieur, vous avez désiré de m'épouser ?

BARTHOLO. – Tu connais la vivacité de mes sentiments.

ROSINE. – S'il peut vous en rester encore, je suis à vous.

BARTHOLO. – Eh bien ! le notaire viendra cette nuit même.

ROSINE. – Ce n'est pas tout ; ô Ciel ! suis-je assez humiliée !... Apprenez que dans peu le perfide ose entrer par cette jalousie dont ils ont eu l'art de vous dérober la clef.

BARTHOLO, *regardant au trousseau.* – Ah ! les scélérats ! Mon enfant, je ne te quitte plus.

ROSINE, *avec effroi.* – Ah ! monsieur, et s'ils sont armés ?

BARTHOLO. – Tu as raison ; je perdrais ma vengeance. Monte chez Marceline ; enferme-toi chez elle à double tour. Je vais chercher main-forte[1], et l'attendre auprès de la maison. Arrêté comme voleur, nous aurons le plaisir d'en être à la fois vengés et délivrés ! Et compte que mon amour te dédommagera...

ROSINE, *au désespoir.* – Oubliez seulement mon erreur. *(À part.)* Ah, je m'en punis assez !

Bartholo, *s'en allant.* – Allons nous embusquer. À la fin je la tiens.

Il sort.

1. *Main-forte :* de l'aide.

Scène 4

Rosine, seule.

Son amour me dédommagera !… Malheureuse !… *(Elle tire son mouchoir, et s'abandonne aux larmes.)* Que faire ?… Il va venir. Je veux rester, et feindre avec lui, pour le contempler un moment dans toute sa noirceur. La bassesse de son procédé sera mon préservatif[1]… Ah ! j'en ai grand besoin. Figure noble ! air doux ! une voix si tendre !… et ce n'est que le vil agent d'un corrupteur ! Ah, malheureuse ! malheureuse !… Ciel ! on ouvre la jalousie !

Elle se sauve.

Scène 5

Le Comte, Figaro, *enveloppé d'un manteau, paraît à la fenêtre.*

Figaro *parle en dehors.* – Quelqu'un s'enfuit ; entrerai-je ?

Le Comte, *en dehors.* – Un homme ?

Figaro. – Non.

Le Comte. – C'est Rosine que ta figure[2] atroce aura mise en fuite.

Figaro *saute dans la chambre.* – Ma foi, je le crois… Nous voici enfin arrivés, malgré la pluie, la foudre et les éclairs.

Le Comte, *enveloppé d'un long manteau.* – Donne-moi la main. *(Il saute à son tour.)* À nous la victoire !

Figaro *jette son manteau.* – Nous sommes tout percés. Charmant temps pour aller en bonne fortune ! Monseigneur, comment trouvez-vous cette nuit ?

1. *Mon préservatif :* ma protection. \ **2.** *Ta figure :* ta silhouette. *Atroce :* à l'époque, signifie énorme, mais ne se dit que des crimes. L'alliance de termes est donc virulente.

LE COMTE. – Superbe pour un amant.

FIGARO. – Oui, mais pour un confident ?... Et si quelqu'un allait nous surprendre ici ?

LE COMTE. – N'es-tu pas avec moi ? J'ai bien une autre inquiétude : c'est de la déterminer à quitter sur-le-champ la maison du tuteur.

FIGARO. – Vous avez pour vous trois passions toutes-puissantes sur le beau sexe : l'amour, la haine, et la crainte.

LE COMTE *regarde dans l'obscurité.* – Comment lui annoncer brusquement que le notaire l'attend chez toi pour nous unir ? Elle trouvera mon projet bien hardi. Elle va me nommer audacieux.

FIGARO. – Si elle vous nomme audacieux, vous l'appellerez cruelle. Les femmes aiment beaucoup qu'on les appelle cruelles. Au surplus, si son amour est tel que vous le désirez, vous lui direz qui vous êtes ; elle ne doutera plus de vos sentiments.

Scène 6

LE COMTE, ROSINE, FIGARO

(Figaro allume toutes les bougies qui sont sur la table.)

LE COMTE. – La voici. Ma belle Rosine !...

ROSINE, *d'un ton très composé*[1]. – Je commençais, monsieur, à craindre que vous ne vinssiez pas.

LE COMTE. – Charmante inquiétude !... Mademoiselle, il ne me convient point d'abuser des circonstances pour vous proposer de partager le sort d'un infortuné ; mais, quelque asile que vous choisissiez, je jure mon honneur...

1. *D'un ton très composé :* avec un air très sérieux.

ROSINE. – Monsieur, si le don de ma main n'avait pas dû suivre à l'instant celui de mon cœur, vous ne seriez pas ici. Que la nécessité justifie à vos yeux ce que cette entrevue a d'irrégulier !

LE COMTE. – Vous Rosine ! la compagne d'un malheureux ! sans fortune, sans naissance !...

ROSINE. – La naissance, la fortune ! Laissons là les jeux du hasard, et si vous m'assurez que vos intentions sont pures...

LE COMTE, *à ses pieds.* – Ah ! Rosine ! je vous adore !...

ROSINE, *indignée.* – Arrêtez, malheureux !... vous osez profaner[1] !... Tu m'adores !... Va ! tu n'es plus dangereux pour moi ; j'attendais ce mot pour te détester. Mais avant de t'abandonner au remords qui t'attend, *(en pleurant)* apprends que je t'aimais ; apprends que je faisais mon bonheur de partager ton mauvais sort. Misérable Lindor ! j'allais tout quitter pour te suivre. Mais le lâche abus que tu as fait de mes bontés, et l'indignité de cet affreux comte Almaviva à qui tu me vendais, ont fait rentrer dans mes mains ce témoignage de ma faiblesse. Connais-tu cette lettre ?

LE COMTE, *vivement.* – Que votre tuteur vous a remise ?

ROSINE, *fièrement.* – Oui, je lui en ai l'obligation.

LE COMTE. – Dieux, que je suis heureux ! Il la tient de moi. Dans mon embarras, hier, je m'en suis servi pour arracher sa confiance, et je n'ai pu trouver l'instant de vous en informer. Ah, Rosine ! il est donc vrai que vous m'aimez véritablement !...

FIGARO. – Monseigneur, vous cherchiez une femme qui vous aimât pour vous-même...

ROSINE. – Mon Seigneur !... Que dit-il ?

LE COMTE, *jetant son large manteau, paraît en habit magnifique.* – Ô la plus aimée des femmes ! il n'est plus temps de

1. *Profaner :* porter atteinte à une chose, un lieu, un sentiment sacrés.

vous abuser : l'heureux homme que vous voyez à vos pieds n'est point Lindor ; je suis le comte Almaviva, qui meurt d'amour et vous cherche en vain depuis six mois.

ROSINE *tombe dans les bras du comte.* – Ah !...

LE COMTE, *effrayé.* – Figaro ?

FIGARO. – Point d'inquiétude, monseigneur ; la douce émotion de la joie n'a jamais de suites fâcheuses ; la voilà, la voilà qui reprend ses sens ! Morbleu qu'elle est belle !

ROSINE. – Ah ! Lindor !... Ah monsieur ! que je suis coupable ! J'allais me donner cette nuit même à mon tuteur.

LE COMTE. – Vous, Rosine !

ROSINE. – Ne voyez que ma punition ! J'aurais passé ma vie à vous détester. Ah Lindor ! le plus affreux supplice n'est-il pas de haïr, quand on sent qu'on est faite pour aimer ?

FIGARO *regarde à la fenêtre.* – Monseigneur, le retour est fermé ; l'échelle est enlevée.

LE COMTE. – Enlevée !

ROSINE, *troublée.* – Oui, c'est moi... c'est le docteur. Voilà le fruit de ma crédulité. Il m'a trompée. J'ai tout avoué, tout trahi : il sait que vous êtes ici et va venir avec main-forte.

FIGARO *regarde encore.* – Monseigneur ! on ouvre la porte de la rue.

ROSINE, *courant dans les bras du comte, avec frayeur.* – Ah Lindor !...

LE COMTE, *avec fermeté.* – Rosine, vous m'aimez. Je ne crains personne ; et vous serez ma femme. J'aurai donc le plaisir de punir à mon gré l'odieux vieillard !...

ROSINE. – Non, non, grâce pour lui, cher Lindor ! Mon cœur est si plein que la vengeance ne peut y trouver place.

Scène 7

LE NOTAIRE, DON BAZILE, LES ACTEURS PRÉCÉDENTS

FIGARO. – Monseigneur, c'est notre notaire.

LE COMTE. – Et l'ami Bazile avec lui !

BAZILE. – Ah ! qu'est-ce que j'aperçois ?

FIGARO. – Eh ! par quel hasard, notre ami…

BAZILE. – Par quel accident, messieurs…

LE NOTAIRE. – Sont-ce là les futurs conjoints ?

LE COMTE. – Oui, monsieur. Vous deviez unir la signora Rosine et moi cette nuit, chez le barbier Figaro ; mais nous avons préféré cette maison, pour des raisons que vous saurez. Avez-vous notre contrat ?

LE NOTAIRE. – J'ai donc l'honneur de parler à Son Excellence monseigneur le comte Almaviva ?

FIGARO. – Précisément.

BAZILE, *à part*. – Si c'est pour cela qu'il m'a donné le passe-partout…

LE NOTAIRE. – C'est que j'ai deux contrats de mariage, monseigneur ; ne confondons point : voici le vôtre ; et c'est ici celui du seigneur Bartholo avec la signora… Rosine aussi. Les demoiselles apparemment sont deux sœurs qui portent le même nom.

LE COMTE. – Signons toujours. Don Bazile voudra bien nous servir de second témoin.

Ils signent.

BAZILE. – Mais, Votre Excellence… je ne comprends pas…

LE COMTE. – Mon maître Bazile, un rien vous embarrasse et tout vous étonne.

BAZILE. – Monseigneur… Mais si le docteur…

LE COMTE, *lui jetant une bourse.* – Vous faites l'enfant ! Signez donc vite.

BAZILE, *étonné*. – Ah ! ah !…

FIGARO. – Où donc est la difficulté de signer ?

BAZILE, *pesant la bourse*. – Il n'y en a plus ; mais c'est que moi, quand j'ai donné ma parole une fois, il faut des motifs d'un grand poids…

Il signe.

Scène 8 et dernière

BARTHOLO, UN ALCADE, DES ALGUAZILS, DES VALETS *avec des flambeaux et* LES ACTEURS PRÉCÉDENTS

BARTHOLO *voit le comte baiser la main de Rosine et Figaro qui embrasse grotesquement*[1] *Don Bazile ; il crie en prenant le notaire à la gorge*. – Rosine avec ces fripons ! arrêtez tout le monde. J'en tiens un au collet.

LE NOTAIRE. – C'est votre notaire.

BAZILE. – C'est votre notaire. Vous moquez-vous ?

BARTHOLO. – Ah ! Don Bazile ! Eh ! comment êtes-vous ici ?

BAZILE. – Mais plutôt vous, comment n'y êtes-vous pas ?

L'ALCADE, *montrant Figaro*. – Un moment ; je connais celui-ci. Que viens-tu faire en cette maison, à des heures indues[2] ?

FIGARO. – Heure indue ? Monsieur voit bien qu'il est aussi près du matin que du soir. D'ailleurs, je suis de la compagnie de Son Excellence le comte Almaviva.

BARTHOLO. – Almaviva !

L'ALCADE. – Ce ne sont donc pas des voleurs ?

BARTHOLO. – Laissons cela. Partout ailleurs, monsieur le comte, je suis le serviteur de Votre Excellence ; mais vous

1. *Grotesquement :* de manière ridicule. \ **2.** *Indues :* contraires à la règle, aux usages, à la raison.

sentez que la supériorité du rang est ici sans force. Ayez, s'il vous plaît, la bonté de vous retirer.

LE COMTE. – Oui, le rang doit être ici sans force ; mais ce qui en a beaucoup est la préférence que Mademoiselle vient de m'accorder sur vous, en se donnant à moi volontairement.

BARTHOLO. – Que dit-il, Rosine ?

ROSINE. – Il dit vrai. D'où naît votre étonnement ? Ne devais-je pas cette nuit même être vengée d'un trompeur ? Je le suis.

BAZILE. – Quand je vous disais que c'était le comte lui-même, docteur !

BARTHOLO. – Que m'importe à moi ? Plaisant mariage ! Où sont les témoins ?

LE NOTAIRE. – Il n'y manque rien. Je suis assisté de ces deux messieurs.

BARTHOLO. – Comment, Bazile ! vous avez signé ?

BAZILE. – Que voulez-vous ? Ce diable d'homme a toujours ses poches pleines d'arguments irrésistibles.

BARTHOLO. – Je me moque de ses arguments. J'userai de mon autorité.

LE COMTE. – Vous l'avez perdue en en abusant.

BARTHOLO. – La demoiselle est mineure.

FIGARO. – Elle vient de s'émanciper[1].

BARTHOLO. – Qui te parle à toi, maître fripon ?

LE COMTE. – Mademoiselle est noble et belle ; je suis homme de qualité, jeune et riche ; elle est ma femme ; à ce titre qui nous honore également, prétend-on me la disputer ?

BARTHOLO. – Jamais on ne l'ôtera de mes mains.

---

1. *S'émanciper :* s'affranchir de sa minorité juridique, c'est-à-dire de l'autorité légale de son tuteur sur sa personne et ses biens, grâce au mariage – autre situation néanmoins dans laquelle la femme est mineure… – bien qu'elle n'ait pas atteint l'âge de la majorité.

LE COMTE. – Elle n'est plus en votre pouvoir. Je la mets sous l'autorité des lois ; et Monsieur, que vous avez amené vous-même, la protégera contre la violence que vous voulez lui faire. Les vrais magistrats sont les soutiens de tous ceux qu'on opprime.

L'ALCADE. – Certainement. Et cette inutile résistance au plus honorable mariage indique assez sa frayeur sur la mauvaise administration des biens de sa pupille, dont il faudra qu'il rende compte.

LE COMTE. – Ah ! qu'il consente à tout et je ne lui demande rien.

FIGARO. – Que la quittance [1] de mes cent écus : ne perdons pas la tête.

BARTHOLO, irrité. – Ils étaient tous contre moi ; je me suis fourré la tête dans un guêpier !

BAZILE. – Quel guêpier ? Ne pouvant avoir la femme, calculez, docteur, que l'argent vous reste ; et…

BARTHOLO. – Eh ! laissez-moi donc en repos, Bazile ! Vous ne songez qu'à l'argent. Je me soucie bien de l'argent, moi ! À la bonne heure, je le garde ; mais croyez-vous que ce soit le motif qui me détermine ?

Il signe.

FIGARO, *riant.* – Ah, ah, ah, monseigneur ; ils sont de la même famille.

LE NOTAIRE. – Mais, messieurs, je n'y comprends plus rien. Est-ce qu'elles ne sont pas deux demoiselles qui portent le même nom ?

FIGARO. – Non, monsieur, elles ne sont qu'une.

BARTHOLO, *se désolant.* – Et moi qui leur ai enlevé l'échelle, pour que le mariage fût plus sûr ! Ah ! je me suis perdu faute de soins.

1. *Quittance :* attestation écrite reconnaissant le paiement d'une somme due.

FIGARO. – Faute de sens[1]. Mais soyons vrais, docteur ; quand la jeunesse et l'amour sont d'accord pour tromper un vieillard, tout ce qu'il fait pour l'empêcher peut bien s'appeler à bon droit[2] *La Précaution inutile*[3].

FIN DU QUATRIÈME ET DERNIER ACTE.

1. *Faute de sens :* bon sens. \ 2. *À bon droit :* légitimement. Le titre de la pièce est rappelé et justifié. \ 3. *La Précaution inutile :* titre de nombreuses comédies au XVIIIe siècle.

DOSSIER

LIRE L'ŒUVRE

L'ŒUVRE DANS L'HISTOIRE

L'ŒUVRE DANS UN GENRE

VERS L'ÉPREUVE

LIRE L'ŒUVRE

QUESTIONNAIRE DE LECTURE

LE TITRE ET LA LISTE DES PERSONNAGES

1. La pièce est intitulée *Le Barbier de Séville ou la Précaution inutile*, quel sens donnez-vous à ce titre ? Quelles attentes engendre-t-il ?

2. À la lecture du titre, de la liste des personnages et de la longue description de leurs costumes – très détaillée pour le XVIIIe siècle –, quelle idée vous faites-vous des milieux sociaux présentés dans cette pièce ?

LA *LETTRE MODÉRÉE SUR LA CHUTE ET LA CRITIQUE DU BARBIER DE SÉVILLE*, UNE PRÉFACE ?

3. En quoi *La Lettre modérée* éclaire-t-elle votre lecture de l'œuvre ?

■ Pour répondre
Demandez-vous si ce texte remplit les fonctions habituelles d'une préface, à savoir, donner une image de l'auteur ? laquelle ? Créer un rapport avec le lecteur ? Y retrouve-t-on des registres dominants (polémique, ironique, etc.) convoqués ensuite dans la pièce ? lesquels ? Le résumé que Beaumarchais propose vous paraît-il conforme à votre perception de l'œuvre ?

4. Quelles informations la *Lettre modérée* nous donne-t-elle sur les théories théâtrales de Beaumarchais ?

■ Pour répondre
Demandez-vous comment le drame sérieux est défini par rapport à la comédie et à la tragédie ? Quel est le point de vue de Beaumarchais sur la vraisemblance ? Quelle place la musique occupe-t-elle ?

UNE COMÉDIE EN QUATRE ACTES : LES UNITÉS EN QUESTION

5. Quel est le traitement de l'unité de temps ?

6. Comment la pièce s'inscrit-elle dans un espace géographique et dans un espace théâtral ?

■ Pour répondre
En quoi les lieux reflètent-ils la situation des personnages ? Quel est en particulier le rôle de la jalousie ?

7. L'accumulation des péripéties nuit-elle à l'unité d'action ?

■ Pour répondre

Demandez-vous quelle est l'intrigue principale de la pièce. Quels sont les obstacles rencontrés ? Quels éléments ne sont pas essentiels à la conduite de l'action ? Qu'apportent-ils selon vous ? D'après *La Lettre modérée*, quel acte a été supprimé et pourquoi ? Qu'apportait-il à l'action ?

LA STRUCTURE DE LA PIÈCE

8. Quelles scènes correspondent à la scène d'exposition ? Que nous apprennent-elles et comment ?

9. Comment l'action progresse-t-elle dans la pièce ?

■ Pour répondre

Combien chaque acte compte-il de scènes ? Repérez les grandes étapes de l'intrigue. Quel est le moteur de l'action ? un personnage ? un désir ? À quels moments l'action s'accélère-t-elle ?

10. Comment le dénouement est-il construit ? Quel sens lui donnez-vous ?

LE COMIQUE

11. Quels sont les différents éléments comiques dans la pièce ?

■ Pour répondre

Étudiez le comique de mot, le comique de geste, le comique de caractère, le comique de situation. Quels éléments rappellent la *commedia dell'arte* ? Quelles sont les scènes les plus comiques de la pièce ? Retrouve-t-on dans la pièce la « gaieté », la « légèreté » revendiquées par Beaumarchais dans sa préface ? Cette comédie est-elle porteuse d'un enseignement moral ?

12. Quels sont les rapports des personnages au comique ?

■ Pour répondre

La présence de certains personnages (lesquels ?) est attendue dans une comédie. Mais est-ce le cas de tous les personnages de cette pièce ? Montrez que certains (lesquels ?) hésitent entre drame et comédie, et que la situation sociale de certains est en décalage avec le genre de la comédie.

Dans quelle mesure peut-on dire que les personnages illustrent des types de comique spécifiques ? Quel personnage touche à tous les types ?

DES PERSONNAGES COMPLEXES

13. Figaro est-il seulement un valet de comédie ?

■ Pour répondre

Essayez de retracer sa biographie. Sa condition sociale en fait-elle un représentant du peuple ? Quelle parenté possède-t-il avec certains héros picaresques ?

Que signifient ses provocations à l'égard de ses interlocuteurs ? Qu'est-ce qui le rapproche de son maître ?
Dans quelle mesure Figaro est-il le « machiniste » de l'intrigue ? Pourquoi a-t-on pu dire qu'il constitue un porte-parole de l'auteur ?

14. Pourquoi le comte Almaviva est-il différent des figures de maîtres traditionnelles ?

■ Pour répondre
Est-il toujours digne de sa situation de grand d'Espagne ? Ses rôles de comédien le mettent-ils en valeur ? Dans quelle mesure joue-t-il plus le personnage de l'amoureux que celui du maître ? Comment son point de vue sur l'amour évolue-t-il au cours de la pièce ?

15. Pourquoi le personnage de Rosine évolue-t-il pendant la pièce ?

16. Quel rôle Bartholo joue-t-il dans l'intrigue ? Quelles sont les fonctions des autres personnages ?

■ Pour répondre
Quels sont les personnages dont le rôle est principalement comique ? Quels personnages sont à la source d'un rétablissement de l'ordre ? Dans quelle mesure Bazile peut-il être rapproché de Figaro ? de Tartuffe ? Son immoralité permet-elle de délivrer une leçon ?

L'AMOUR ET LA MUSIQUE AU CENTRE DE L'ŒUVRE ?

17. Quelle place l'amour occupe-t-il dans l'intrigue ?

■ Pour répondre
Comment se situe chacun des personnages face à ce sentiment ? Est-ce que certains personnages sont exclus de cette problématique ? Comment l'amour devient-il un enjeu ? Quelle place occupe-t-il dans les relations de pouvoir ? A-t-il partie liée à la comédie ? Comment le langage se met-il au service de l'amour ?

18. Quel rôle Beaumarchais accorde-t-il à la musique dans sa comédie ? dans quel but ?

LA PORTÉE DE LA PIÈCE

19. On a pu dire que *Le Mariage de Figaro* était une pièce révolutionnaire, *Le Barbier de Séville* vous paraît-il contenir aussi un appel à la révolte contre l'ordre établi ?

■ Pour répondre
Quelle vision des rapports sociaux la pièce donne-t-elle ? Comment présente-t-elle les rapports entre les sexes ? Relevez les passages qui pouvaient passer pour provocateurs au XVIIIe siècle. Nous interpellent-ils encore aujourd'hui ?

L'ŒUVRE DANS L'HISTOIRE

LE CONTEXTE POLITIQUE : LA CRISE DU RÉGIME MONARCHIQUE

Le Barbier de Séville, la première pièce de la trilogie de Beaumarchais, est représenté pour la première fois en 1775. L'année précédente, Louis XV est mort dans l'indifférence, à l'issue d'un long règne. Élaborée entre 1765[1] et 1775, la pièce offre certes de moindres échos à l'histoire que *Le Mariage de Figaro*, la deuxième comédie de Beaumarchais. Néanmoins certains mouvements de l'époque tant sociaux qu'idéologiques et artistiques y sont perceptibles. Dans *La Mère coupable* (le drame qui clôt la trilogie), la mention d'une date précise permet de situer l'action des deux pièces précédentes. Il est indiqué que « la scène [...] se passe à la fin de 1790 », le 10 novembre, fête de la Saint-Léon. Léon est né vingt ans auparavant, Il est le fruit des amours adultères de la comtesse et de Chérubin, qui se sont déroulées deux ans après *Le Mariage de Figaro*. L'action de celui-ci prend place environ trois ans après celle du *Barbier*. On peut donc situer l'action du *Barbier* vers 1765. Notons néanmoins que les spectateurs des premières représentations percevaient la pièce comme exactement contemporaine.

Si le XVIIe siècle apparaît comme une période de crise – marquée par de nombreuses guerres avec l'étranger et des conflits au sein même du royaume –, le XVIIIe siècle est perçu comme une époque de croissance. Entre 1715 et 1789 s'est accomplie une considérable évolution de la monarchie, de l'économie, de la société et des mentalités. Deux rois se sont succédé sur le trône de France ; pourtant les changements politiques indispensables pour adapter la monarchie aux transformations sociales n'ont pas été faits. Ce décalage conduira à la chute de l'Ancien Régime. *Le Barbier de Séville* est écrit à un moment charnière, la monarchie aurait pu se rétablir, se stabiliser, mais Louis XVI et ses ministres se sont montrés pusillanimes.

1. Date du *Sacristain*, première ébauche du *Barbier*.

LA POLITIQUE INTÉRIEURE DE LA FRANCE : L'IMPOSSIBLE RÉFORME DU RÉGIME

Louis XIV et Colbert ont mis en place, au sein de la monarchie de droit divin, une forme de monarchie absolue. La tâche qui incombe à Louis XV est de prolonger et d'adapter l'évolution du régime vers le despotisme éclairé. Néanmoins, la centralisation croissante du pouvoir et le rôle accru de l'administration conduisent à la mise à mal de certains privilèges des aristocrates. Cela constitue une fragilité pour le régime car la noblesse cherche à reconquérir ses prérogatives.

Arrière petit-fils de Louis XIV, Louis XV a cinq ans lorsque son bisaïeul meurt. Le duc d'Orléans est nommé régent et gouverne jusqu'en 1723. Ce n'est qu'en 1743 que le roi, peu séduit par le pouvoir, est amené à gouverner seul. Il montre de grandes réticences à prendre des décisions et se laisse souvent plus influencer par ses favorites que par ses ministres. Les années 1750 marquent donc un tournant dans la désacralisation du pouvoir, le bonheur des sujets semble devenir un enjeu pour le souverain.

En France, le XVIIIe siècle est marqué par la volonté de réformer l'État – cette évolution est très progressive et bien souvent imperceptible… Certains contrôleurs généraux des finances, chargés de l'économie du royaume, tentent ainsi de rendre l'impôt plus équitable en remettant en question les privilèges de la noblesse et du clergé. En raison des résistances, le projet n'aboutit pas. L'État monarchique mène un double combat : contre les ambitions de l'aristocratie et contre les dissidences religieuses et intellectuelles – c'est-à-dire contre les protestants et contre le mouvement philosophique.

Le conflit entre le roi et les ordres privilégiés prend principalement pour objet les parlements et le problème de la vénalité des charges[1]. Les parlements (des cours de justice) connaissent en effet une période d'agitation et ne cessent de contester l'absolutisme monarchique. La lutte dure tout au long du siècle. Maupeou est l'un des artisans des réformes des

1. Beaumarchais eut bien des démêlés avec la justice et critiqua dans ses *Mémoires* la vénalité des charges.

années 1770 : il supprime les parlements et la vénalité des charges, modernise les tribunaux, instaure la gratuité de la justice[1].

À la mort de Louis XV, lorsque Beaumarchais achève la rédaction de son *Barbier*, la monarchie demeure certes « absolue », mais elle s'est modernisée. Le roi n'est plus populaire, la noblesse se sent toujours exclue du pouvoir, mais le bilan du règne plaide en faveur du souverain : cette période de croissance a été pour la France un siècle de gloire culturelle et artistique. Toutefois, l'arrivée du jeune Louis XVI sur le trône laisse peser la menace d'une crise du régime monarchique. Celle-ci évolue jusqu'à la Révolution.

LA FRANCE ET L'ÉTRANGER

Le retrait français

Au XVIIIe siècle, la France est moins en guerre qu'au siècle précédent. Néanmoins, hors de son territoire, elle est impliquée dans de longs et nombreux conflits de succession. Louis XV poursuit cependant la politique d'apaisement menée par le régent. En 1763, le traité de Paris, qui met fin à la guerre de Sept Ans avec l'Angleterre, l'Espagne et le Portugal, marque le début d'une période de retrait pour la France qui ne conserve que des débris de son empire. Les revers militaires discréditent en partie le régime. En 1778, la France s'allie avec les Américains et, en particulier par l'intermédiaire de Beaumarchais, avec les *Insurgents* qui luttent contre la couronne britannique. La révolution américaine prouve au monde que les idées des philosophes peuvent se traduire dans les faits. En 1781, les *Insurgents* sont victorieux.

---

1. Comme la satire de la médecine, celle de la justice est un thème de comédie traditionnel, elle sera très vive dans *Le Mariage de Figaro*. Dans le *Barbier*, l'alcade qui apparaît acte IV scène 8 est au contraire particulièrement intègre, ce qui manifeste peut-être une évolution dans la perception de l'institution judiciaire : représentée de manière neutre, voire positive, dans le *Barbier* – sauf dans une réplique de Bartholo (acte II, scène 7) –, elle est décrédibilisée dans la comédie suivante. Ce mouvement a partie liée aux rapports personnels de Beaumarchais avec la censure et la justice, mais aussi peut-être aux espoirs d'une justice plus équitable suscités par les tentatives de réforme de l'institution, visant à lutter contre l'arbitraire.

L'Espagne au XVIIIe siècle : un pays sous influence

En 1660, à la suite du mariage de Louis XIV avec l'infante Marie-Thérèse, l'Espagne est passée sous l'influence française. En 1700, Philippe d'Anjou, arrière-petit-fils de Louis XIV, cadet de Louis XV, devient roi, sous le nom de Philippe V après de vifs débats au sujet de la succession de Charles II d'Espagne. Charles II choisit la France. L'influence française en Espagne est, à partir de cette date, déterminante.

Le règne des Bourbons ainsi inauguré est marqué par la perte des possessions espagnoles (hormis en Amérique) et par une politique de centralisation. Charles III (1759-1788) qui succède à Philippe V incarne le type du despote éclairé. Sa politique reflète en partie la politique française : il essaie de développer l'économie et en particulier l'agriculture, expulse les jésuites en 1767, encourage les arts.

N'oublions pas néanmoins que l'Espagne du *Barbier* appartient au système de l'illusion théâtrale[1]. Ce n'est pas celle que Beaumarchais a connue lors de son voyage, qu'il décrit comme peu développée ; ce n'est pas une Espagne espagnole (ainsi, des critiques ont noté qu'il n'existe pas de famille Almaviva en Espagne, que le comte porte un habit qui date d'une autre époque que l'habit de *majo* de Figaro). Ce sont des costumes anachroniques, des noms à consonance espagnole, des fenêtres grillagées, une guitare qui suffisent à dépayser le public français. La couleur locale est revendiquée : « Chanter sans guitare à Séville ! vous seriez bientôt reconnu, ma foi, bientôt dépisté ! » s'exclame Figaro acte I, scène 6. De même, acte II, scène 15 Bartholo déclare : « Nous ne sommes pas ici en France, où l'on donne toujours raison aux femmes. » L'Espagne du *Barbier* – tout comme l'Angleterre du *Mariage* – hérite des romans de Lesage et appartient au code littéraire des Lumières.

---

1. Elle n'existe dans la pièce presque que par des toponymes, ainsi acte I, scène 2, l. 96-97, l. 165-168, dans la tirade de Figaro. Le Prado, la célèbre promenade de Madrid, est ainsi évoqué dans notre pièce acte I, scène 4 par le comte, comme un lieu de rencontre.

LE CONTEXTE SOCIAL : LES ÉVOLUTIONS DE LA SOCIÉTÉ D'ANCIEN RÉGIME

LA SOCIÉTÉ D'ORDRES

La société d'ordres qui caractérise l'Ancien Régime est un mode d'organisation sociale dont les fondements idéologiques datent du Moyen Âge et qui s'est développé entre le XVIe et le XVIIIe siècle, période de la montée de l'absolutisme. La population est ainsi divisée entre trois ordres hiérarchisés et inégaux : le clergé, la noblesse et le tiers état. Le statut social est héréditaire et les roturiers (non nobles) ne peuvent en théorie accéder à la noblesse. Néanmoins, la haute bourgeoisie pouvait quitter sa condition en se mariant avec des nobles ou en achetant des charges anoblissantes.

La société française, qui inspire la société espagnole représentée dans *Le Barbier de Séville*, est très inégalitaire et repose sur un système de privilèges (les deux premiers ordres ne payent pas d'impôt). Dans notre pièce, seuls le comte Almaviva, « grand d'Espagne », c'est-à-dire noble, et Rosine, « jeune personne d'extraction noble », appartiennent à la noblesse. Tous les autres personnages (valets, médecin, notaire, alcade et autres alguazils) sont des représentants du tiers état. « Don » est l'expression d'un titre honorifique mais pas nécessairement de la noblesse comme l'est le titre de « comte ». Les nobles n'avaient pas le droit de travailler, ils devaient seulement porter les armes afin de servir le roi, ainsi ne pouvaient-ils pas être médecins ou notaires. Don Bazile, le maître à chanter, organiste, occupe une position plus ambiguë, la « soutanelle » dont il est vêtu tend à le rapprocher du clergé, néanmoins il n'est pas prêtre. Seulement rattaché à l'Église, il appartient donc aussi au tiers état. Notons qu'au sein de la société française, à l'époque où écrit Beaumarchais, plus de 95 % des habitants appartiennent au troisième ordre, ainsi, dans la pièce, bien que seuls deux personnages soient nobles, ceux-ci sont surreprésentés par rapport aux roturiers. Ce n'est que parce que Rosine est « d'extraction noble », bien que son tuteur ne le soit pas, que le comte peut l'épouser.

LA COMÉDIE ET LA CONTESTATION SOCIALE

Les contestations contre la société d'ordres ont existé tout au long de l'Ancien Régime. La fable, le conte et la comédie sont les genres privilégiés par les auteurs qui dénoncent les travers du système. Comme bien des pièces qui l'ont précédé, *Le Barbier* peint les relations maîtres-valets avec une certaine ironie. De nombreuses répliques sont en effet ambiguës, ainsi dès l'acte I, scène 2 peut-on entendre dans la bouche de Figaro :

> Aux vertus qu'on exige dans un domestique, Votre Excellence connaît-elle beaucoup de maîtres qui fussent dignes d'être valets ? (l. 123-125).

Cette réplique exprime de manière à peine voilée une critique de la société d'ordres dont la hiérarchie repose sur la naissance et non sur le mérite personnel. Le constat est certes fort comique et provocateur à l'égard du comte. Peut-on néanmoins y lire les traces d'un désir révolutionnaire ? La notion de classes n'existe pas. Les conflits entre les maîtres et leurs domestiques sont perçus comme l'émanation de rapports interindividuels et non de rapports entre groupes. Néanmoins, ces liens sociaux évoluent au cours du siècle. Le caractère arbitraire des conditions soulève de plus en plus de débats au sein de la société comme le montre l'évolution de la position des valets au théâtre. Ainsi Figaro est-il le personnage principal de la pièce – et surtout celui qui lui donne son nom. Il devient le plus illustre représentant des héros issus du peuple.

Le *Mariage* a été lu par certains (Danton, Napoléon, Alexandre Dumas entre autres) comme une pièce révolutionnaire, par d'autres comme une pièce uniquement satirique. À toutes les époques, elle a été perçue comme un appel à la liberté, une réflexion sur le pouvoir. Il en va tout autrement du *Barbier*. Mais le *Barbier* comme le *Mariage* sont les révélateurs des failles de la société fragilisée par la remise en question de ses fondements. L'évolution des mentalités anticipe en effet sur l'évolution politique. Dans les deux pièces, les idées qui évoquent des avancées politiques ou sociales ne sont pas neuves, mais elles sont portées par le brio du style de Beaumarchais. Ces comédies cristallisent l'état d'esprit frondeur pré-révolutionnaire sans qu'aucun projet politique précis – et surtout sans qu'aucun projet révolutionnaire – s'y fasse jour.

Contestataire, le *Barbier* l'est certes déjà, mais c'est le *Mariage de Figaro* qui aura les plus grandes résonances historiques.

LE CONTEXTE CULTUREL ET IDÉOLOGIQUE : LE TEMPS DES LUMIÈRES

À la fin du XVIIe siècle a débuté ce que l'on a appelé *a posteriori* le mouvement des Lumières qui touche l'ensemble de l'Europe. Les couches les plus aisées de la population, aristocrates et grande bourgeoisie, puis l'ensemble de la bourgeoisie remettent en question la manière de penser, les structures de la connaissance, les conceptions du monde de l'époque qui les précédait. Quelle que soit la diversité des tempéraments des philosophes, le mouvement des Lumières tire son unité de sa foi dans le progrès et le bonheur et d'une volonté commune d'affranchir l'humanité des ténèbres de l'ignorance et du fanatisme.

LE PRIMAT DE L'INDIVIDU

Les Lumières sont celles de la raison et de la liberté, contre l'absolutisme monarchique. Cet idéal est incarné, entre autres, par Voltaire, Montesquieu, Diderot, d'Alembert, Rousseau, dans des domaines différents. Ces « philosophes des Lumières » ont perçu les mutations de la société, ils ont mis en place les fondements politiques et idéologiques d'une société autre en s'appuyant sur de nouvelles valeurs. Ils héritent à la fois de l'humanisme, de sa relativisation des valeurs établies – la découverte de l'Amérique joua en ce domaine un grand rôle – et du rationalisme de l'époque classique, en particulier de la pensée de Descartes. Siècle de la sensibilité, de l'émotion, le XVIIIe siècle valorise l'individu, les sentiments, et se détache du rationalisme qui prévalait au siècle précédent.

Un être humain peut se percevoir et s'envisager comme individu, comme sujet autonome et conscient, et être considéré ainsi, détaché donc du groupe auquel il appartient. La valorisation de l'individu, du moi, de la subjectivité va de pair avec une confiance croissante en l'homme. Celui-ci, non plus défini seulement par sa naissance, ses privilèges, est le produit de ses actes, s'incarne dans un devenir qu'il se choisit. Il apparaît soudain qu'il peut être à la source de la manière de conduire sa propre vie. Ce changement dans la perception, cette apparition du « moi » est peut-être ce qui permet indirectement à Beaumarchais d'extraire Figaro des types traditionnels pour l'individualiser. Sans établir l'égalité entre le comte Almaviva et le valet Figaro, Beaumarchais suggère leur humanité et donc leur proximité à tous deux, leur permettant même d'échanger par instants en étant presque égaux – dans la sphère du discours tout au moins.

LES PROGRÈS SCIENTIFIQUES ET TECHNIQUES

Le XVIIIe siècle est enfin un siècle passionné par la science. La machine à vapeur, les métiers mécaniques, les machines sont des révolutions techniques qui datent de cette période. Beaumarchais, lui-même inventeur dans le domaine de l'horlogerie, s'intéresse avec ferveur aux progrès techniques de son siècle. Un échange entre Rosine et Bartholo (acte I, scène 3, l. 193-199), résume l'opposition des personnages au sujet des Lumières (on découvre le rejet très vif de Bartholo à l'égard de cette philosophie) et des évolutions intellectuelles et scientifiques du siècle. Amalgamant des découvertes scientifiques et techniques (l'attraction, l'électricité), médicales (l'inoculation, le quinquina), des évolutions génériques (les drames), un nouveau rapport au monde politique et intellectuel (la liberté de penser, l'*Encyclopédie*[1]), Bartholo se range dans la frange conservatrice de la société face aux partisans supposés de ces évolutions, les personnages jeunes de la pièce : Rosine, le comte, Figaro. Beaumarchais critique ici l'obscurantisme de Bartholo, rétif à tout progrès.

LUMIÈRES ET MORALE

N'en déplaise à Bartholo, les Lumières ont pour ambition de moraliser les individus, elles visent ainsi non une morale particulière, singulière, mais bien une morale générale, collective. Ainsi, Beaumarchais se souvient, lorsqu'il écrit ses théories théâtrales, de la *Lettre à d'Alem-*

1. L'*Encyclopédie* est une œuvre collective accomplit à l'instigation de Diderot entre 1751 et 1772 visant à recenser l'ensemble des connaissances scientifiques, techniques, artistiques.

bert sur les spectacles dans laquelle Rousseau préconisait de moraliser le théâtre. Cette visée moralisatrice du théâtre, encore peu perceptible dans le *Barbier*, sera particulièrement sensible dans le drame à venir (*La Mère coupable*).

Contre le fanatisme et l'intolérance des siècles précédents, liés à une lecture erronée des textes bibliques, le XVIIIe siècle prône une religion et une morale naturelles. Celle-ci concilie le plaisir et la vertu. À la clausule de notre pièce, Figaro déclare ainsi :

> Mais soyons vrais, docteur ; quand la jeunesse et l'amour sont d'accord pour tromper un vieillard, tout ce qu'il fait pour l'empêcher peut bien s'appeler à bon droit *La Précaution inutile* (l. 2093-2096).

Légitimation de l'amour, du plaisir, qui sont du côté du juste, du légitime comme nous l'indique l'expression « à bon droit », contre, peut-être, les convenances, ce qui était apparemment antérieurement légal mais fondé en fait sur une situation fausse. *Le Barbier*, comme l'ensemble du mouvement des Lumières, conduit une quête du bonheur.

UNE NOUVELLE SOCIABILITÉ

Les Lumières se répandent grâce aux progrès en matière de diffusion des connaissances et grâce aux évolutions des rapports sociaux et des lieux de sociabilité. Au XVIIIe siècle se développent les sociétés de pensée, les loges maçonniques, les académies, les cafés, les salons où les différentes conditions se mêlent. Le discours de Figaro se fait le reflet de cette sociabilité : « la cabale », « les énigmes aux journaux » – dont le lectorat s'accroît durant la seconde moitié du siècle –, les « madrigaux » – genre poétique consacré par les salons –, le théâtre, « le café[1] » – tel le « Procope », en face de la Comédie-Française – sont autant de pratiques et de lieux qui permettent une progression de l'égalité. Ainsi se construit l'opinion publique, à laquelle Beaumarchais fait appel en tant qu'auteur, et que Figaro semble interpeller par ses plaisanteries contre la noblesse.

1. Acte I, scène 2, l. 140.

LE RÔLE DE LA PRESSE

Suite au recul de l'analphabétisme, le succès que rencontre la presse implique la multiplication des journaux et des journalistes, qui constituent au sein de l'opinion un groupe à part, capable de l'influencer dans ses goûts théâtraux comme dans ses points de vue sur la société – les deux ayant bien souvent partie liée. Tous ces journalistes et autres feuilletonistes sont souvent fort pauvres. Figaro a frayé avec eux en envoyant ses « énigmes aux journaux », a souffert comme eux, mais a surtout subi leurs assauts, comme Beaumarchais. Quelle proximité en effet entre certains passages de *La Lettre modérée*[1] et la tirade de Figaro sur la République des Lettres :

> Voyant à Madrid que la république des Lettres était celle des loups, [...] et que [...] les critiques, les maringouins, les envieux, les feuillistes, les libraires, les censeurs, et tout ce qui s'attache à la peau des malheureux gens de lettres, achevait de déchiqueter et sucer le peu de substance qui leur restait... (acte I, scène 2, l. 154-162).

En effet, les difficultés rencontrées sont dans les deux cas à la fois l'œuvre des journalistes, des « feuillistes » et des censeurs. En effet, parallèlement au développement de l'édition, la censure se structure. L'Église et l'État s'associent pour contrôler les productions écrites, en particulier littéraires et théâtrales, afin de défendre la morale et la religion – particulièrement mises à mal selon les censeurs par les philosophes et l'*Encyclopédie*. La création en 1742 du corps des censeurs royaux paracheva ce mouvement ; ils étaient chargés de donner (ou non) aux ouvrages le privilège du roi dont il est question dans *La Lettre modérée*[2].

---

1. « Les ouvrages de théâtre [...]. Suivez-les dans leur carrière ; à peine ils voient le jour que, sous prétexte d'enflure, on leur applique les censeurs ; plusieurs en sont restés en chartre. Au lieu de jouer doucement avec eux, le cruel parterre les rudoie et les fait tomber. » Des ouvrages de théâtre évoqués dans la *Lettre modérée* à la situation des auteurs décrite dans la pièce, la critique est la même, seulement transposée. \ **2.** P. 8, l. 20.

LE CONTEXTE BIOGRAPHIQUE

Beaumarchais fut un homme à l'étrange réputation : ambitieux, parvenu, intrigant mais travailleur, adroit, immensément populaire – par périodes. Son adresse, sa beauté, sa faconde, sa renommée, la multitude de ses activités en font un homme difficile à saisir. Jean Fabre, écrivant une succincte biographie de Beaumarchais, propose cette énumération : « horloger, harpiste, courtisan, munitionnaire, sous-traitant, spéculateur, négociant, négrier, entremetteur, forestier, plaideur et juge mage, démarcheur, agent double, détective, maître chanteur, diplomate, armateur, pamphlétaire, auteur dramatique, philanthrope, démagogue, patriote, ministre de l'Intérieur (ou presque) [1] ». Vie passionnante et déroutante que l'on pourrait résumer par cette parole de Figaro : « J'ai tout vu, tout fait, tout usé [2]. » L'existence de Beaumarchais s'accomplit parallèlement à l'histoire de la France jusqu'à ce que, devenant diplomate et agent secret, il participe directement aux événements politiques de son temps.

Beaumarchais a de manière indirecte beaucoup écrit sur lui-même : dans ses *Mémoires*, dans ses *Lettres*, dans les textes qui tiennent lieu de préface à chaque pièce de la trilogie, dans la trilogie elle-même à travers la figure de Figaro ; les drames et l'opéra se font aussi en sourdine l'écho de la vie de l'auteur. L'identification de Beaumarchais à son héros relève toutefois d'une trop rapide assimilation entre l'homme et l'œuvre, elle explique comment a pu se construire la figure légèrement mythifiée de Beaumarchais. « Le véritable Figaro », telle était l'expression de l'époque par laquelle on désignait Beaumarchais, assimilant les pièces à la vie théâtralisée de leur auteur.

LES DÉBUTS DE BEAUMARCHAIS : « UN HOMME NOUVEAU [3] »

Né à Paris en 1732, Pierre-Augustin Caron, que nous connaissons sous le nom de Beaumarchais, fils d'un maître horloger, est doué dès son plus jeune âge pour les sciences, les lettres et la musique. À vingt ans, il a

---

1. *Histoire des littératures*, Paris, Gallimard, coll. « Encyclopédie de la Pléiade », t. III, p. 753. \ 2. *Le Mariage de Figaro*, V, 3. \ 3. R. Pomeau, *Beaumarchais ou la Bizarre destinée*, Paris, PUF, 1987, p. 8.

déjà inventé un mécanisme d'horlogerie [1] qui augmente la précision des montres ; il a le roi pour client. Évoquant ses jeunes années il écrit ainsi :

> Dès ma folle jeunesse, j'ai joué de tous les instruments ; mais je n'appartenais à aucun corps de musiciens, les gens de l'art me détestaient. [...] Je faisais des vers, des chansons ; mais qui m'eût reconnu pour poète ? J'étais fils d'un horloger [2].

Fils de roturier, il est ambitieux et intrigant, comme l'est Figaro. Introduit à la cour par sa maîtresse en 1755, il est anobli par le roi. Pierre-Augustin Caron devient Monsieur de Beaumarchais, adoptant le nom d'une terre possédée par son épouse.

Ses débuts à la cour sont favorisés par l'appui du financier Pâris-Duverney [3] avec lequel il est en amitié depuis 1760. Les fortunes et les infortunes de Figaro ne sont pas sans évoquer les réussites et les déboires de Beaumarchais en ce domaine comme en d'autres. Fin courtisan – tel que le définira Figaro dans *Le Mariage* : « Recevoir, prendre et demander, voilà le secret en trois mots [4] », Beaumarchais devient un grand financier et connaît une ascension sociale inouïe. Il appartient alors à la cour en tant que maître de harpe des filles du roi. Le fait qu'il ait été un musicien accompli explique à la fois ses capacités à mêler harmonieusement la musique au théâtre et la très grande importance qu'il confère à la musique dans ses deux comédies.

LA VIE MONDAINE ET LES DÉBUTS EN LITTÉRATURE

En 1760, il acquiert la charge anoblissante de « secrétaire du roi ». Il écrit des parades pour divertir la bonne société. En 1764, pour venger l'honneur bafoué de sa sœur – et pour affaires –, il voyage en Espagne ; ce pays est du reste fort à la mode. Le souci de couleur locale à l'œuvre dans notre pièce – bien que modéré au regard de ce que seront les

---

1. Dans notre pièce, la première didascalie fait mention de « la montre » du comte. Le souci de vraisemblance – il s'agit pour le comte d'évoquer l'heure, « l'instant de la voir » – et le goût de l'auteur pour cet objet justifient la place qui lui est accordée. \ **2.** « Apologie pour lui-même », dans les *Œuvres complètes de Beaumarchais*, éd. Moland, Paris, Garnier, 1874, p. 715-716, citée par P. Larthomas dans l'Introduction qu'il a réalisé aux *Œuvres* de Beaumarchais dans la collection de la « Bibliothèque de la Pléiade » (Gallimard) de 1988. \ **3.** Financier et négociant, oncle de Le Normand d'Étioles, banquier, mari de la marquise de Pompadour et protecteur de Beaumarchais. \ **4.** *Le Mariage de Figaro*, acte II, scène 2.

« drames romantiques espagnols » de Hugo – a partie liée avec ce séjour qui dure jusqu'en 1765 et lui fait découvrir les mœurs du pays. Beaumarchais écrit alors *Le Sacristain*, « intermède imité de l'espagnol ».

Sa carrière littéraire commence véritablement en 1767 : son premier drame, *Eugénie*, est représenté à la Comédie-Française. Il rédige à la suite de l'échec que connaît la pièce son *Essai sur le genre dramatique sérieux*, inspiré par la pensée de Diderot.

La rédaction du *Barbier de Séville* en 1772, initialement conçu pour être un opéra-comique, transformé en comédie après le refus des Italiens, n'améliore pas sa situation financière. En 1773, Beaumarchais connaît deux déceptions majeures : *Le Barbier* est ajourné à la Comédie-Française et le parlement de Paris tranche en faveur du comte de La Blache dans le différend qui les opposait.

LES DÉMÊLÉS JUDICIAIRES

Comme celle de Voltaire, la vie de Beaumarchais est en effet marquée par un long procès, connu sous le nom « d'affaire Goëzman » qui dure de 1770 à 1778. Pour se défendre, Beaumarchais en appelle à l'opinion publique par le biais de *Mémoires* où il critique très sévèrement son juge, le dénommé Goëzman[1], qui vendait ses audiences – Beaumarchais a été obligé de lui donner des pots-de-vin. Cette expérience qui lui fait découvrir la corruption de la justice a inspiré certaines scènes du *Mariage*.

Goëzman attaque Beaumarchais en diffamation et parvient à le faire condamner au blâme ; cette perte des droits civiques interdit à Beaumarchais d'exercer sa charge. Malgré la dégradation civique, Beaumarchais est devenu à l'issue du procès en corruption un porte-parole et un symbole de la résistance aux abus du pouvoir judiciaire. Il a été soutenu par Voltaire. Pour faire annuler les jugements qui le condamnent à l'inactivité et à la ruine, Beaumarchais rend des services au roi. Finalement, en 1776, le parlement restauré retire le blâme.

Parallèlement, Beaumarchais multiplie les insolences à l'égard des Grands. Ses provocations rappellent le ton effronté de Figaro à l'égard du comte.

1. Beaumarchais se venge aussi de Goëzman en le représentant sous les traits du ridicule juge Don Gusman Brid'oison dans *Le Mariage de Figaro*.

LES MISSIONS SECRÈTES ET LA POLITIQUE

Pour reconquérir le roi, Beaumarchais accomplit des missions dans l'ensemble de l'Europe. En 1775, la première du *Barbier* à la Comédie-Française est un échec. La version en quatre actes est mieux accueillie, mais c'est dans la diplomatie qu'il se fait remarquer à cette période : son action outre-Atlantique aboutit à la signature d'un traité d'amitié entre la France et les États-Unis en 1778. Il participe ainsi à la guerre d'Indépendance américaine, fournissant aux *Insurgents* d'Amérique armes et munitions avec l'approbation du roi.

BEAUMARCHAIS AUTEUR DRAMATIQUE : L'ENGAGEMENT EN LITTÉRATURE

Les représentations du *Barbier* conduisent Beaumarchais à entrer en conflit avec les acteurs de la Comédie-Française. En effet, au-dessous d'une certaine recette, la pièce devenait la propriété des comédiens. Beaumarchais s'y oppose farouchement, ce qui l'amène en 1777 à créer la Société des auteurs dramatiques qui défend la propriété littéraire et intellectuelle. Il achève en 1778 la rédaction du *Mariage de Figaro*.

En 1779, il accepte la proposition d'un libraire : publier les œuvres complètes de Voltaire à l'étranger (elles sont en effet interdites en France). Ces soixante-dix volumes représentent un immense projet intellectuel qui s'inscrit directement dans les problématiques du siècle des Lumières liées à la connaissance et à son partage.

Mais la censure ne sévit pas qu'à l'égard de Voltaire. Malgré un accueil favorable lors de sa lecture à la Comédie-Française en 1781, *Le Mariage* ne peut être joué par suite de l'opposition du roi. En 1784, après quatre ans d'interdiction et de multiples censures, la pièce est représentée en public à la Comédie-Française et soulève de nombreuses polémiques. En 1785, elle remporte un immense succès. *Le Barbier* est alors joué au Trianon ; Marie-Antoinette tient le rôle de Rosine, le comte d'Artois, celui de Figaro. En 1786, on joue pour la première fois à Vienne *Les Noces de Figaro* de Mozart. En 1787, Beaumarchais fait représenter son opéra, *Tarare*.

Beaumarchais accorde une attention particulière à la mise en scène. Dans le cadre des premières représentations du *Mariage de Figaro*, il dirige lui-même les acteurs, inventant en partie le rôle du metteur en scène. Auparavant chaque acteur jouait de manière autonome, comme bon lui semblait, à partir de ce moment, l'unité de l'ensemble devient une véritable préoccupation. Pour Beaumarchais, le texte théâtral est inachevé jusqu'à sa représentation, ce qui autorise pour l'auteur des retours en arrière.

UNE FIN DE VIE DIFFICILE

La vie de Beaumarchais reflète son souci constant de l'intérêt général – bien qu'il n'oublie jamais son intérêt personnel. Le difficile mariage de ces deux préoccupations explique les déboires de la fin de sa vie malgré la représentation, en 1792, de *La Mère coupable*, troisième et dernier volet de la trilogie, au théâtre du Marais. Durant la Révolution, il entretient des relations houleuses avec les pouvoirs en place successifs. Ainsi, en 1793, il est commissaire de la République. En 1794, menacé par le régime de la Terreur, il est contraint à l'exil. Il quitte la France pour Hambourg, où il connaît la misère. Rentré à Paris en 1796, fatigué et vieilli, il meurt en 1799.

LA REPRÉSENTATION THÉÂTRALE AU XVIIIe SIÈCLE

LA COMÉDIE ITALIENNE ET LA COMÉDIE-FRANÇAISE

Les salles et les publics sont fortement hiérarchisés au XVIIIe siècle. Paris ne possède alors que trois troupes permanentes : la Comédie-Italienne, la Comédie-Française, et l'Académie royale de musique dont la scène est l'Opéra. La Comédie-Française possède un répertoire de tragédies et de comédies dans lequel *Le Barbier* ne va pas tarder à entrer. Transposition d'une parade écrite pour le mari de Madame de Pompadour, *Le Barbier de Séville* fut d'abord joué par les Comédiens-Italiens puis par les Comédiens-Français.

Installés en France en 1660, les Comédiens-Italiens jouent dans leur langue d'origine mais interrompent les pièces par des scènes en français.

Leur succès s'accentue tout au long du siècle, parallèlement les pièces en français deviennent plus nombreuses. Dès les années 1720, ils ne jouent presque plus qu'en français, grâce notamment à Marivaux. Ils fusionnent avec l'Opéra-Comique en 1762, jouant des comédies légères, accompagnées de musique.

La Comédie-Française a été, quant à elle, fondée en 1680 par Louis XIV. Bien des auteurs de la Comédie-Italienne viennent enrichir son répertoire. La gloire de cette troupe – la seule troupe autorisée à donner des représentations en français de manière annuelle – est immense. Chaque spectacle comporte le plus souvent deux pièces : une comédie ou une tragédie en cinq actes, puis une brève comédie.

La Comédie-Française joue dans la salle des Tuileries jusqu'en 1770. En 1782, les Comédiens-Français font construire à l'Odéon une nouvelle salle dotée d'un plateau beaucoup plus étendu et de loges plus confortables qui contrastent avec l'état déplorable de l'ancienne salle. Cette configuration rend possible de nouvelles mises en scène.

Pour la première fois, le parterre est assis, ce qui atténue l'agitation qui règne traditionnellement parmi les spectateurs et permet au public d'être plus attentif. La scène se distingue nettement de la salle. Sur la scène, les représentations manifestent la quête d'un certain réalisme tant dans les costumes que dans les décors. En revanche l'éclairage à la bougie n'évolue pas, ce qui rend la scène relativement sombre au regard de ce que nous connaissons actuellement et donc la visibilité plus médiocre mais favorable à l'esthétique du clair-obscur illustrée par exemple dans le dernier acte du *Barbier*.

LE THÉÂTRE DE LA FOIRE ET LES PARADES[1]

Il existe à Paris des foires saisonnières, notamment la foire de Saint-Germain, au printemps, et la foire de Saint-Laurent, l'été. De très nombreuses troupes théâtrales s'exhibent. Beaumarchais s'est adonné

1. « La parade, c'était à l'origine des danseurs de corde, des artistes qui ameutaient le public, souvent sur un balcon [...] pour l'inviter à assister au spectacle. Le terme devint parfois synonyme de "mauvaise pièce de théâtre" (*Littré*). Le mot exprime bien la volonté d'exhibition, d'étalage des talents acrobatiques et comiques des acteurs. La parade est une forme traditionnelle d'intervention théâtrale qui a connu son heure de gloire dans le spectacle forain aux XVIIe et XVIIIe siècles. [...] », P. Pavis, *Dictionnaire du théâtre*, Paris, Armand Colin, 2005, p. 240.

en premier lieu à ce type de spectacle. La parade nourrit *Le Barbier de Séville* et *Le Mariage de Figaro*. L'enjeu de ces spectacles est de séduire et d'attirer le spectateur en usant d'un comique grivois, parfois obscène.

La parade est le genre où Beaumarchais fait son apprentissage. Le principal ressort de ces pièces est le plaisir langagier, jusqu'à l'ivresse verbale. Beaumarchais a écrit plusieurs parades : *Léandre marchand d'Agnus*, *Les Bottes de sept lieues*, *Jean Bête à la foire*. Cette dernière, la plus achevée, préfigure *Le Barbier de Séville*. Elle met en scène un barbon, un jeune homme galant et une jeune fille innocente – sur le point de ne plus l'être.

Néanmoins, si *Le Barbier* ne tombe jamais dans la trivialité, c'est parce que la fervente gaieté, le rythme effréné de l'œuvre constituent les principales traces de ce type de théâtre. Beaumarchais est parvenu à écrire une pièce véritablement drôle, cherchant à traverser les époques, à « ramener au théâtre l'ancienne et franche gaieté, en l'alliant avec le ton léger de notre plaisanterie actuelle [1]», qui n'échappe certes pas aux lecteurs et aux spectateurs du XXIe siècle.

De ce théâtre populaire, Beaumarchais hérite aussi son goût de la distanciation. Cette mise à distance apparaît lorsque le dramaturge rompt l'illusion scénique – c'est-à-dire qu'il désigne le théâtre comme tel, le jeu, les personnages, l'action comme relevant de la fiction [2]. La farce [3] depuis le Moyen Âge, puis les parades des forains, ont conservé ce rapport au public et à la vraisemblance.

LES THÉÂTRES DE SOCIÉTÉ

À première vue à l'opposé des théâtres de la foire, existent au XVIIIe siècle des théâtres destinés à un public privé, composé d'aristocrates – on sait néanmoins que ceux-ci se mêlaient bien souvent à la foule qui formait le public des foires. Genre populaire à l'origine, la parade devient au XVIIIe siècle un spectacle fort apprécié de la bonne société. Les premières parades de Beaumarchais, écrites pour le théâtre privé du financier Lenormant d'Étioles, sont à la fois érotiques et bouffonnes.

1. Préface du *Mariage de Figaro*, éd. R. Pomeau, p. 113. \ **2.** Ainsi, le mot « comédie » apparaît dans la pièce à deux reprises (I, 2, l. 189 et III, 2, l. 1239). \ **3.** Notons que la *Lettre modérée* réécrit le schéma œdipien sur le mode de la farce et du burlesque. La caractéristique de la farce, c'est de ne pas résoudre les conflits, mais de fournir une approche de leur résolution.

En Espagne, Beaumarchais découvre l'intermède, un genre proche de la parade, qui sert de modèle au *Sacristain*, préfiguration du *Barbier*. *Le Sacristain* constitue une transition entre ce type de théâtre et les œuvres de la trilogie. Le goût pour les mots d'esprit, le théâtre dans le théâtre, la sensualité conférée aux personnages sont issus de cette tradition qui donne au *Barbier* son caractère profondément ludique. Le *Sacristain*, première ébauche du *Barbier*, était plus précisément un intermède [1] qui donnait à voir un vieil homme, nommé Bartholo, amoureux d'une jeune fille qui prit d'abord le nom de Pauline avant de devenir Rosine. Amoureuse de Lindor, qui n'hésite pas à se déguiser (en soldat, en moine) et à se faire passer pour l'élève d'un organiste nommé Bazile.

Les mêmes aristocrates vont donc ainsi à la fois s'encanailler à voir des parades et faire le succès des pièces nobles à la Comédie-Française. Le lieu conditionne la réception de l'œuvre. Un même public a un horizon d'attente tout à fait différent suivant la scène sur laquelle est jouée l'œuvre. Beaumarchais tente en quelque sorte de déplacer l'horizon d'attente, de combiner deux esthétiques. Sous la contrainte de la censure, il épure son style.

LA RÉCEPTION DE L'ŒUVRE

AU XVIIIe SIÈCLE

Étudier la genèse de l'œuvre permet d'envisager sa réception. En effet, *Le Barbier* a connu quatre versions successives (sans compter *Le Sacristain*). En 1772, l'opéra-comique présenté aux Comédiens-Italiens a été refusé (la pièce finale conservera de cette première étape la place importante réservée à la musique). En 1773, transformée en comédie en quatre actes, la pièce comporte de nombreuses bouffonneries et plus de chansons que dans la version finale. Acceptée par les Comédiens-Français, elle est interdite par la censure. Le 23 février 1775, *Le Barbier de Séville*

1. *Intermède* : « divertissement (acrobatique, dramatique, musical, etc.) donné pendant les entractes de la pièce consistant en un chœur, un ballet ou une saynète. [...] Lorsque l'intermède gagne en longueur et en profondeur, il tend à devenir un court spectacle autonome, comme une pièce en un acte. [...] », P. Pavis, *op. cit.*, p. 176.

est joué à la Comédie-Française, mais, comportant cinq actes comme les grandes comédies traditionnelles, elle est rejetée par le public. Trois jours après, la seconde représentation est un succès triomphal : Beaumarchais a élagué sa pièce et accentué les effets comiques. La *Lettre modérée* est publiée deux ans après.

La Lettre modérée nous donne une idée de la réception immédiatement contemporaine de la pièce, de la première représentation, des difficultés, de la manière dont la version initiale de la pièce – en cinq actes – fut sifflée et tomba dès la première[1]. On sait ainsi que les critiques et les journalistes s'associèrent à la salle pour en critiquer l'immoralité. Le comique de Beaumarchais ne fut pas compris. Ainsi Métra, un journaliste connu à l'époque, écrit-il :

> Tout le comique prétendu de cette pièce consiste en quelques bons mots de la plus grande trivialité ; elle est remplie de plaisanteries plates, de bouffonneries grivoises, et même de pensées très répréhensibles[2].

La critique, habituée aux personnages du théâtre classique, s'interroge sur l'absence de profondeur psychologique des héros de Beaumarchais, désapprouve leur manque de vraisemblance, cherche à retrouver « les caractères » auxquels ils sont accoutumés. L'adaptation d'une parade pour la scène de la Comédie-Française ne séduit pas tout d'abord le public qui n'accepte pas le rôle prépondérant donné au comique de situation, au comique de répétition, aux jeux sur le langage. La quête du « naturel » présente dans les dialogues est mal interprétée – la forme des répliques et leur prononciation (qui ne réclame plus que le texte soit déclamé comme le voulait le jeu traditionnel des Comédiens-Français) – et bouleverse le public.

Le *Journal encyclopédique par une société de gens de lettres*, imprimé à Bouillon, mentionné à plusieurs reprises dans *La Lettre modérée*, émet les plus vives critiques, ainsi lit-on en mai 1775 :

1. L'échec de la pièce en cinq actes est mentionné dans *La Lettre modérée* : « [...] n'ayant pu me soutenir en cinq actes, je me suis mis en quatre pour ramener le public » écrit Beaumarchais. \ **2.** Métra, *Correspondance littéraire secrète*, 26 février 1775, cité par B. Combeaud, *Le Barbier de Séville*, Paris, Hachette, 1994, p. 175.

> Il sera difficile, sans doute, pour le journaliste, même le plus exercé, de tracer le plan de cette comédie parce qu'elle en a peu, et n'offre en général que des scènes liées presque au hasard, à la manière de ces canevas italiens où l'on ne consulte ni vraisemblance, ni aucune des unités de morale naturelle.

Dans la *Lettre modérée*, Beaumarchais rapporte que le journaliste de Bouillon aurait écrit : « La pièce est une farce. » Le résumé du *Barbier* que Beaumarchais insère dans la *Lettre modérée* vise à montrer que la grande complexité de l'intrigue cache la simplicité de l'action. Il répond à ses détracteurs : la pièce est simple dès lors que l'on en considère « le fond ». Ce qui fait la comédie, c'est sa mise en œuvre, ce sont les caractères des personnages.

La réception de la pièce a influencé son élaboration. Le style de Beaumarchais repose en partie sur une capacité à l'autocorrection. La pièce connaît un grand succès dans sa seconde version. Le journal explicite les choses ainsi :

> [...] pour ne pas voir expirer ce *Barbier* sur le théâtre, il a fallu le mutiler, le changer, le refondre, l'élaguer, le réduire en quatre actes, et le purger d'un grand nombre de pasquinades, de calembours, de jeux de mots, en un mot, de bas comique.

Grimm [1], dans sa *Correspondance littéraire*, se montre très élogieux à l'égard de la pièce, de sa « gaieté », de ses situations « bouffonnes », du déroulement de l'intrigue, du rôle de Rosine.

LE XIXe SIÈCLE

Le XIXe siècle est surtout celui de la réception musicale du *Barbier*. Plus de dix opéras [2] ont été écrits à partir de la pièce de Beaumarchais entre sa création et l'adaptation de Rossini en 1816. La pièce fut réduite à deux actes par l'auteur du livret, Sterbini, qui coupa aussi les tirades jugées trop longues – ainsi le récit des aventures de Figaro. Comme pour la pièce

---

1. *Le baron de Grimm* (1723-1807) : écrivain allemand ami des encyclopédistes. Il est aussi le rédacteur de la *Correspondance littéraire, philosophique et critique*, dont la mission est d'informer des souverains étrangers sur la vie intellectuelle parisienne. \ 2. Notamment l'œuvre du compositeur italien Paisiello.

de théâtre, la première de l'opéra fut un échec. Rossini reprit sa partition et la réduisit, la conduisant au triomphe qui le fit connaître.

Notons que Figaro, qui défendait l'indépendance des journalistes[1], a donné son nom en 1826 à un « journal littéraire » quotidien, qui, après des périodes d'interruption est devenu un titre situé dans le courant de l'opposition à Napoléon III. Il n'a cessé de paraître jusqu'à aujourd'hui – sauf durant la Seconde Guerre mondiale.

Victor Hugo écrit dans la Préface de *Cromwell* en 1827 que « les trois grands génies caractéristiques de notre scène [sont] Corneille, Molière et Beaumarchais », faisant de Beaumarchais l'égal des plus grands dramaturges du XVIIe siècle. Saint-Beuve[2] participe aussi à la réhabilitation de Beaumarchais. Au milieu du siècle, Louis de Loménie, professeur au Collège de France, améliore la réputation de notre auteur grâce à la découverte de documents qui permettent de mettre à mal des légendes défavorables (et tenaces) sur Beaumarchais. Ce jugement laudatif est favorable à Beaumarchais dont *Le Barbier* trouve véritablement un accueil enthousiaste sous la Troisième République. Ses « comédies plaisent à un public épris de gaîté : Figaro n'apparaît pas dépaysé parmi les personnages de Flers et Cavaillet, Feydeau, Tristan Bernard[3]. *Le Barbier* et *Le Mariage* passent au rang des classiques. [...] On s'accorde à reconnaître en Figaro un personnage "bien français", "type en quelque sorte national", écrit A. Hallays [...] [4] ».

LE XXe SIÈCLE

Au début du XXe siècle et dans l'entre-deux-guerres, le succès des comédies de Beaumarchais se tarit un peu. Les tragiques événements que vit la France ne sont pas favorables au bon accueil d'une figure comme celle de Figaro. Le comique de Beaumarchais n'est plus apprécié. Louis Jouvet, comédien, metteur en scène et directeur de théâtre, reconnu, ne joue pas les pièces de Beaumarchais et les critique. Il écrit ainsi dans « Beaumarchais vu par un comédien » qui prend place dans ses *Réflexions du comédien*[5] : « C'est un écrivain de théâtre du plus haut rang, ce n'est

1. Cela est exprimé dans la tirade de l'acte I, scène 2. \ **2.** *Saint-Beuve* : critique littéraire. \ **3.** *Flers, Cavaillet, Feydeau, Tristan Bernard* : auteurs de vaudeville et de comédies de boulevard. \ **4.** R. Pomeau, *Beaumarchais ou la Bizarre destinée*, Paris, PUF, 1987, p. 213. \ **5.** Paris, Flammarion 1938, cité par Sylvie Puech dans *Le Mariage de Figaro*, Paris, Nathan, 1990, p. 117.

pas – à mon avis – un poète dramatique. » Marivaux est plus apprécié par la critique. Néanmoins, en 1927, *Le Barbier* a été représenté un plus grand nombre de fois à la Comédie-Française que *Le Jeu de l'Amour et du Hasard* – un plus grand nombre de fois aussi que *Le Mariage*, ce qui peut nous étonner aujourd'hui [1]. Mais en 1955, si *Le Barbier* est toujours devant *Le Mariage* – peut-être parce que la mise en scène est moins complexe du fait par exemple du nombre inférieur de personnages – la pièce de Marivaux les dépasse largement. Il est intéressant d'observer que la censure ne sévit ni durant la Première Guerre mondiale, ni durant la Seconde contre *Le Barbier*. En revanche, *Le Mariage* ne fut pas représenté entre 1939 et 1946, ce qui tendrait à corroborer l'hypothèse d'un *Barbier* nettement moins polémique… *Le Barbier* avait par contre été interdit par Mussolini… Preuve que l'œuvre conserve ainsi peut-être une actualité politique.

Les critiques ne cessent de s'interroger sur la question du temps théâtral dans ces pièces et insistent sur la dimension romanesque du théâtre de Beaumarchais. Michel Delon dans « Beaumarchais et l'autre révolution [2] » replace *Le Barbier* dans le cadre de la trilogie. Il écrit ainsi :

> L'un des coups de génie de Beaumarchais dramaturge est d'avoir introduit dans son théâtre la dimension romanesque : il parle lui-même du « roman de la famille Almaviva ». Si le théâtre classique est le lieu de l'instant, de la séduction, de l'amour naissant, comme dans *Le Barbier* par exemple pris seul, il faut étaler l'action sur plusieurs années pour prendre les personnages en flagrant délit de contradiction, pour faire du Comte un nouveau Bartholo et du petit Chérubin un vrai séducteur. La femme peut ainsi être saisie comme être théâtral et séduisant et comme être romanesque inscrit dans une durée familiale.

Gabriel Conesa réfléchit lui aussi, entre autres choses, sur le traitement de la temporalité dans les pièces de Beaumarchais :

> Notre dramaturge a pourtant un immense mérite : celui d'avoir trouvé sa propre voie, et créé un système dramatique profondé-

1. F. Gaiffe, *Le Mariage de Figaro*, Amiens, Malfère, 1928, p. 196, cité par R. Pomeau p. 214. \ 2. Revue *Europe*, avril 1973.

ment original qui n'a guère vieilli, ce qui est après tout un critère indiscutable. En détournant le langage de sa finalité psychologique traditionnelle, en le débarrassant de sa tension pour lui confier une fonction ludique, il a pu le placer au centre de sa dramaturgie et en faire une fin en soi ; en visant « l'accumulement » des traits et des jeux verbaux brillants, il a conçu une dramaturgie de l'instant, de l'effet présent, dans laquelle les articulations du texte, voire sa cohérence, deviennent secondaires[1].

Au XXe siècle, les critiques ont été sensibles à l'ambiguïté des comédies de Beaumarchais dont l'euphorie n'est pas aussi limpide qu'elle le paraît au premier abord. Pierre Voltz évoque ainsi la duplicité dramatique de l'œuvre : « Présenter, de l'extérieur, une aventure drôle comme un vaudeville, de l'intérieur, une histoire vraie et qui pourrait tourner au drame[2]. »

D'autres critiques ont été attentifs au renouvellement de la tradition comique effectué par Beaumarchais. Selon Jean-Pierre de Beaumarchais, l'originalité de son ancêtre se trouve « dans le jeu plus ou moins perceptible qu'il instaure entre ses personnages et la tradition dont il paraît se réclamer[3] ». Ainsi, Bartholo, le barbon est-il « un peu moins sot que tous ceux qu'on trompe au théâtre », Figaro, barbier, n'est plus valet et aide Almaviva par choix, Rosine désire et le mariage et la liberté… « Ce flottement a donné lieu dans les mises en scène successives du *Barbier de Séville*, à des partis pris opposés : on a vu Bartholo tantôt comme un benêt, tantôt comme un machinateur adroit ; Rosine comme une coquette ou comme une ingénue. » Il regrette que *Le Barbier* soit souvent traité comme « un simple prologue du *Mariage de Figaro* ». On peut ainsi lire sous la plume de R. Pomeau :

> Aujourd'hui [la] présence littéraire [de Beaumarchais] se fonde essentiellement sur *Le Mariage de Figaro*, comédie autrement ample et originale que *Le Barbier*, sans pourtant que celui-ci soit tombé dans l'oubli[4].

1. *La Trilogie de Beaumarchais*, Paris, PUF, 1985. \ **2.** P. Voltz, *La Comédie*, Paris, Armand Colin, 1964, 472 p. \ **3.** Beaumarchais, *Théâtre*, Paris, Classiques Garnier, 1980, p. 13. \ **4.** R. Pomeau, *op. cit.*, p. 215.

En 2004, Beaumarchais occupait la douzième place parmi les auteurs les plus joués à la Comédie-Française. Mais *Le Barbier de Séville* est une pièce très représentée (elle se classe au dix-septième rang pour l'ensemble du répertoire – *Le Mariage* est au treizième).

GROUPEMENT DE TEXTES : MARIAGE ET AMOUR DANS LA COMÉDIE

Après avoir lu l'ensemble des textes ci-dessous, vous répondrez aux questions suivantes.

1. Quelle vision du mariage ces différents textes proposent-ils ? Étudiez les rapports entre hommes et femmes.

2. Montrez que ces héroïnes féminines expriment une quête de sincérité dans leur vision de l'amour. Comment la révolte féminine se manifeste-t-elle ?

3. À quel genre littéraire ces différents textes appartiennent-ils ? Relevez, s'il y a lieu, les éléments de satire.

4. Qu'apportent ces différents textes à votre étude du personnage de Rosine ? Dans quelle mesure peut-on dire que cette héroïne appartient à une tradition littéraire ?

TEXTE 1 • Pierre Corneille, *L'Illusion comique*, acte III, scène 1 (extrait)

Isabelle, une jeune fille, essuie les reproches de son père, Géronte. Elle refuse d'épouser Adraste, le prétendant qu'il a choisi pour elle.

GÉRONTE

Vous dédaignez Adraste à cause que je l'aime ;
Et parce qu'il me plaît d'en faire votre époux,
Votre orgueil n'y voit rien qui soit digne de vous.
Quoi ! manque-t-il de bien, de cœur ou de noblesse ?
En est-ce le visage ou l'esprit qui vous blesse ?
Il vous fait trop d'honneur.

ISABELLE

Je sais qu'il est parfait,
Et que je réponds mal à l'honneur qu'il me fait ;
Mais si votre bonté me permet en ma cause,
Pour me justifier, de dire quelque chose,
Par un secret instinct, que je ne puis nommer,
J'en fais beaucoup d'état, et ne le puis aimer.
Souvent je ne sais quoi que le ciel nous inspire
Soulève tout le cœur contre ce qu'on désire,
Et ne nous laisse pas en état d'obéir,
Quand on choisit pour nous ce qu'il nous fait haïr.
Il attache ici-bas avec des sympathies
Les âmes que son ordre a là-haut assorties :
On n'en saurait unir sans ses avis secrets ;
Et cette chaîne manque où manquent ses décrets.
Aller contre les lois de cette providence,
C'est le prendre à partie, et blâmer sa prudence,
L'attaquer en rebelle, et s'exposer aux coups
Des plus âpres malheurs qui suivent son courroux.

GÉRONTE

Insolente, est-ce ainsi que l'on se justifie ?
Quel maître vous apprend cette philosophie ?
Vous en savez beaucoup ; mais tout votre savoir
Ne m'empêchera pas d'user de mon pouvoir.
Si le ciel pour mon choix vous donne tant de haine,
Vous a-t-il mise en feu pour ce grand capitaine ?
Ce guerrier valeureux vous tient-il dans ses fers ?
Et vous a-t-il domptée avec tout l'univers ?
Ce fanfaron doit-il relever ma famille ?

ISABELLE

Eh ! De grâce, monsieur, traitez mieux votre fille !

GÉRONTE

Quel sujet donc vous porte à me désobéir ?

ISABELLE

Mon heur et mon repos, que je ne puis trahir.

Ce que vous appelez un heureux hyménée
N'est pour moi qu'un enfer si j'y suis condamnée.

TEXTE 2 • Molière, *Les Précieuses ridicules*, acte I, scène 4 (extrait)

Madgelon et Cathos, deux jeunes filles nées en province, arrivent à Paris. Elles sont à la recherche d'aventures amoureuses et intelletuelles. Gorgibus, père de la première et oncle de la seconde, souhaite les voir épouser deux prétendants qu'il a choisis. Mais les deux « précieuses » refusent tour à tour.

GORGIBUS. – Que me vient conter celle-ci ?

MAGDELON. – Mon père, voilà ma cousine qui vous dira, aussi bien que moi, que le mariage ne doit jamais arriver qu'après les autres aventures. Il faut qu'un amant, pour être agréable, sache débiter les beaux sentiments, pousser le doux, le tendre et le passionné, et que sa recherche soit dans les formes. Premièrement, il doit voir au temple, ou à la promenade, ou dans quelque cérémonie publique, la personne dont il devient amoureux ; ou bien être conduit fatalement chez elle par un parent ou un ami, et sortir de là tout rêveur et mélancolique. Il cache un temps sa passion à l'objet aimé, et cependant lui rend plusieurs visites, où l'on ne manque jamais de mettre sur le tapis une question galante qui exerce les esprits de l'assemblée. Le jour de la déclaration arrive, qui se doit faire ordinairement dans une allée de quelque jardin, tandis que la compagnie s'est un peu éloignée ; et paraît à notre rougeur, et qui, pour un temps, bannit l'amant de notre présence. Ensuite il trouve moyen de nous apaiser, de nous accoutumer insensiblement au discours de sa passion, et de tirer de nous cet aveu qui fait tant de peine. Après cela viennent les aventures, les rivaux qui se jettent à la traverse d'une inclination établie, les persécutions des pères, les jalousies conçues sur de fausses apparences, les plaintes, les désespoirs, les enlèvements, et ce qui s'ensuit. Voilà comme les choses se traitent dans les belles manières et ce sont des règles dont, en bonne galanterie, on ne saurait se dispenser. Mais en venir de but en blanc à l'union conjugale, ne faire l'amour qu'en faisant le contrat du mariage, et prendre justement le roman par la queue ! encore un coup, mon père, il ne se peut rien de plus marchand que ce procédé ; et j'ai mal au cœur de la seule vision que cela me fait.

GORGIBUS. – Quel diable de jargon entends-je ici ? Voici bien du haut style.

TEXTE 3 • Molière, *L'École des femmes*, acte V, scène 4 (extrait)

Arnolphe, un riche bourgeois, souhaite épouser sa pupille, Agnès. Mais celle-ci est amoureuse d'un jeune homme, Horace, et rejette le barbon. Arnolphe adresse alors alternativement à sa pupille menaces et déclarations d'amour.

AGNÈS

Oui, je l'aime.

ARNOLPHE

Et vous avez le front de le dire à moi-même !

AGNÈS

Et pourquoi, s'il est vrai, ne le dirais-je pas ?

ARNOLPHE

Le deviez-vous aimer, impertinente ?

AGNÈS

Hélas !

Est-ce que j'en puis mais ? Lui seul en est la cause ;
Et je n'y songeais pas lorsque se fit la chose.

ARNOLPHE

Mais il fallait chasser cet amoureux désir.

AGNÈS

Le moyen de chasser ce qui fait du plaisir ?

ARNOLPHE

Et ne saviez-vous pas que c'était me déplaire ?

AGNÈS

Moi ? point du tout. Quel mal cela vous peut-il faire ?

ARNOLPHE

Il est vrai, j'ai sujet d'en être réjoui.
Vous ne m'aimez donc pas, à ce compte ?

AGNÈS

Vous ?

ARNOLPHE

Oui.

AGNÈS

Hélas ! non.

ARNOLPHE

Comment, non !

AGNÈS

Voulez-vous que je mente ?

ARNOLPHE

Pourquoi ne m'aimer pas, Madame l'impudente ?

AGNÈS

Mon Dieu, ce n'est pas moi que vous devez blâmer :
Que ne vous êtes-vous, comme lui, fait aimer ?
Je ne vous en ai pas empêché, que je pense.

ARNOLPHE

Je m'y suis efforcé de toute ma puissance ;
Mais les soins que j'ai pris, je les ai perdus tous.

AGNÈS

Vraiment, il en sait donc là-dessus plus que vous ;
Car à se faire aimer il n'a point eu de peine.

ARNOLPHE

Voyez comme raisonne et répond la vilaine !
Peste ! une précieuse en dirait-elle plus ?
Ah ! je l'ai mal connue ; ou, ma foi ! là-dessus
Une sotte en sait plus que le plus habile homme.

TEXTE 4 • Marivaux, *Le Jeu de l'Amour et du Hasard*, acte I, scène 1 (extrait)

M. Orgon souhaite marier sa fille, Silvia, à Dorante, le fils d'un de ses amis. Silvia débat de ce mariage avec Lisette, sa femme de chambre et lui confie ses craintes.

LISETTE. – On dit que votre futur est un des plus honnêtes du monde, qu'il est bien fait, aimable, de bonne mine, qu'on ne peut pas avoir plus d'esprit, qu'on ne saurait être d'un meilleur caractère ; que voulez-vous de plus ? Peut-on se figurer de mariage plus doux ? D'union plus délicieuse ?

SILVIA. – Délicieuse ! Que tu es folle avec tes expressions ! [...]

SILVIA. – De beauté, et de bonne mine je l'en dispense, ce sont là des agréments superflus.

LISETTE. – Vertuchoux ! si je me marie jamais, ce superflu-là sera mon nécessaire.

SILVIA. – Tu ne sais ce que tu dis ; dans le mariage, on a plus souvent affaire à l'homme raisonnable, qu'à l'aimable homme : en un mot, je ne lui demande qu'un bon caractère, et cela est plus difficile à trouver qu'on ne pense ; on loue beaucoup le sien, mais qui est-ce qui a vécu avec lui ? Les hommes ne se contrefont-ils pas ? Surtout quand ils ont de l'esprit, n'en ai-je pas vu moi, qui paraissaient, avec leurs amis, les meilleures gens du monde ? C'est la douceur, la raison, l'enjouement même, il n'y a pas jusqu'à leur physionomie qui ne soit garante de toutes les bonnes qualités qu'on leur trouve. Monsieur un tel a l'air d'un galant homme, d'un homme bien raisonnable, disait-on tous les jours d'Ergaste : aussi l'est-il, répondait-on, je l'ai répondu moi-même, sa physionomie ne vous ment pas d'un mot ; oui, fiez-vous-y à cette physionomie si douce, si prévenante, qui disparaît un quart d'heure après pour faire place à un visage sombre, brutal, farouche qui devient l'effroi de toute une maison. Ergaste s'est marié, sa femme, ses enfants, son domestique ne lui connaissent encore que ce visage-là, pendant qu'il promène partout ailleurs cette physionomie si aimable que nous lui voyons, et qui n'est qu'un masque qu'il prend au sortir de chez lui.

LISETTE. – Quel fantasque avec ces deux visages !

SILVIA. – N'est-on pas content de Léandre quand on le voit ? Eh bien chez lui, c'est un homme qui ne dit mot, qui ne rit, ni qui ne gronde ; c'est une âme glacée, solitaire, inaccessible ; sa femme ne la connaît point, n'a point de commerce avec elle, elle n'est mariée qu'avec une figure qui sort d'un cabinet, qui vient à table, et qui fait expirer de langueur, de froid et d'ennui tout ce qui l'environne ; n'est-ce pas là un mari bien amusant ?

L'ŒUVRE
DANS UN GENRE

Le Barbier ne peut se comprendre et surtout s'apprécier sans une prise en considération des différentes sources de Beaumarchais. Il constitue en effet à la fois un hommage à la grande comédie classique et une subversion du genre et s'offre comme un héritage, parfois parodique, de bien des modèles. L'imitation des Anciens demeure essentielle à l'esthétique théâtrale et littéraire de la fin du XVIIIe siècle. De l'imitation au pastiche, il n'y a qu'un pas.

LE CONTEXTE LITTÉRAIRE : LE CARREFOUR DES INFLUENCES

Au XVIIIe siècle, le succès de la tragédie et de la comédie classiques ne se dément pas, mais on assiste à une diversification des genres dramatiques. Un genre nouveau, le drame, prend de l'essor. En effet, le destin, le *fatum*, pesait sur le héros tragique ; le héros du drame, au contraire, dont l'évolution a partie liée à celle de la société, est libre d'agir, l'issue, heureuse ou malheureuse, n'étant jamais fixée.

La règle classique des trois unités s'assouplit, notamment concernant le genre de la comédie. Les auteurs cherchent en effet plus à présenter sur la scène leur perception de la réalité. Ainsi, une certaine quête de réalisme touche à la fois la mise en scène et la représentation des personnages : l'intérêt du spectateur devient un enjeu essentiel pour le dramaturge. La vraisemblance – et non la vérité – demeure une question première au théâtre.

LE BARBIER DE SÉVILLE ET LA COMÉDIE CLASSIQUE

Le XVIIIe siècle marque un recul de la comédie de caractères au profit de la comédie de mœurs. La comédie en vers et en cinq actes est parallèlement remplacée par la comédie en prose, souvent plus courte. La veine farcesque, mise à distance par Molière sauf dans quelques pièces – comme *Les Fourberies de Scapin* – retrouve un public.

Des thématiques proches

L'amour et l'honneur, deux enjeux de la comédie classique, sont hérités de la comédie espagnole. L'amour de deux personnages d'âges et de conditions différents – ainsi le jeune noble Almaviva et le docteur Bartholo, beaucoup plus avancé en âge – pour une jeune fille est un schéma très conventionnel. La situation de la pièce – en Espagne – renforce l'impression d'un héritage hispanisant. Certains thèmes comiques tels que la critique des médecins [1] et des tartuffes [2] ont partie liée à la tradition théâtrale.

La question des unités

En revanche, le XVIIIe siècle atténue l'importance de l'unité de lieu et de temps. Ainsi, dans *Le Barbier de Séville*, le traitement de ces unités est légèrement plus problématique que celui de l'unité d'action – l'unité de temps est très modérément bouleversée car le mariage a lieu la nuit, l'unité de lieu peut être considérée comme mise à mal car l'action se déroule dans des espaces différents, non seulement des pièces différentes de la maison, mais aussi la rue. Néanmoins certaines comédies dites classiques avaient déjà pris certaines libertés avec ces unités.

Maîtres et valets

La comédie classique propose bien des figures de valets qui tiennent tête à leur maître, se montrant plus fins, plus lucides, plus drôles surtout que lui. Ainsi, des couples comme Sganarelle et Dom Juan, Scapin et Géronte. Néanmoins, Figaro constitue une figure qui, au contraire des valets précédemment mentionnés, s'émancipe de celle de son maître, existant de manière individuelle. L'esprit du domestique est en effet, dans la pièce, supérieur à celui du maître. Figaro incarne la revanche symbolique d'une intelligence inventive, d'un brio langagier étourdissant, sur un comte en

---

1. Encore balbutiante, la médecine demeure néanmoins l'objet de vives critiques et de nombreuses caricatures comme le montrent de manière indirecte certaines répliques de notre pièce, ainsi acte I, scène 2, l. 91-97, Figaro décrivant son métier de « garçon apothicaire ». Certaines pratiques médicales contemporaines de la pièce sont évoquées acte II, scène 4, l. 578-584. La mention de ces remèdes, employés à mauvais escient, recèle un fort effet comique. \ **2.** *Tartuffe :* personnage de la comédie italienne repris par Molière. Faux dévot, personne hypocrite.

situation d'infériorité sur la scène. Une profonde différence avec Scapin se fait alors jour : les rapports de hiérarchie ne reposent plus uniquement sur la naissance, mais aussi sur le mérite, en particulier intellectuel. Or, malgré les compétences indéniables du comte, Figaro le domine dans la sphère de l'esprit. Néanmoins, jamais le comte n'est ridiculisé, avili. Il demeure noble, désintéressé et brille par sa stature.

LA TRADITION MOLIÉRESQUE

La « précaution inutile »

Molière constitue pour Beaumarchais une sorte d'absolu comique. De même que *Le Barbier de Séville* peut se lire comme une tentative de réécriture de *L'École des femmes*[1], de même, *La Mère coupable* renvoie au *Tartuffe* ; dans la préface du *Mariage de Figaro*, il évoque ainsi « l'œuvre sublime du *Tartuffe*[2] ». Le thème de la « précaution inutile » ne manifeste aucune preuve d'originalité. Surexploité dans le siècle et surtout dans les décennies qui précèdent *Le Barbier*, Beaumarchais ne cherche pas avec celui-ci à surprendre le public. C'est son traitement renouvelé, les variations qu'il en propose qui constituent la particularité de son art théâtral. Molière lui-même est allé chercher le thème de la « précaution inutile » dans la tradition de la comédie italienne. La figure du tuteur qui cherche à épouser sa pupille – en partie pour conserver sa fortune – est donc fort traditionnelle.

Thématiques moliéresques

Tuteur abusif, enfermement, rapport entre générations, éducation des filles et ingénuité, rapport entre les hommes et les femmes, figure du séducteur : autant d'échos à la comédie moliéresque. Autre figure moliéresque, celle de Bazile, le traître, lié à l'Église par son métier « d'organiste du grand couvent[3] », qui n'est pas sans évoquer Tartuffe. De même, la leçon de chant peut se lire comme un écho, en décalage bien sûr, de celle que prend Angélique dans *Le Malade imaginaire*[4].

---

1. *L'École des femmes* : comédie en cinq actes et en vers, créée en 1662, *cf.* texte 3, p. 167-168. \ **2.** Préface du *Mariage de Figaro*, éd. R. Pomeau, p. 109. \ **3.** Acte III, scène 2. \ **4.** Acte II, scène 5.

Le renouvellement du dénouement

Néanmoins, dans *L'École des femmes*, Arnolphe vaincu, dégradé, s'en va sans mot dire. Bartholo, lui, reconnaît sa défaite et, convenant des plaisirs réservés à chaque âge, est heureux que « l'argent lui reste ». Bartholo, n'est pas exclu, mais réintégré. La pièce développe une certaine morale qui permet de faire échouer le méchant sans l'avilir. Cet objectif de réintégration du coupable, que l'on retrouve dans le *Mariage* (mais pas dans la *Mère coupable*), permet à Beaumarchais de renouveler le dénouement traditionnel de la comédie. Ce dénouement plus heureux n'est-il pas conforme à l'évolution du XVIIIe siècle précédemment évoquée ? C'est un siècle matériellement plus heureux et spirituellement plus optimiste.

La comédie reste donc influencée par Molière, mais Marivaux l'a renouvelée, en associant les thèmes de l'inconstance amoureuse et du travestissement à celui d'une remise en question des hiérarchies sociales.

LA TRADITION DE LA *COMMEDIA DELL'ARTE*

Cette tradition est celle de la comédie d'intrigue. La *commedia dell'arte* aime voir se multiplier les péripéties. D'infinis rebondissements reposant sur des déguisements, des quiproquos, des enlèvements, des reconnaissances repoussent le dénouement. Les projets d'Almaviva concernant l'enlèvement de Rosine, ses nombreux déguisements – en particulier son grand manteau noir –, les deux contrats de mariage préparés concomitamment sont des éléments directement issus de ce genre de comédie. *Le Barbier* n'imite pas trivialement cette source, mais le public la connaît et est ainsi mieux à même de déchiffrer les jeux à l'œuvre dans la pièce autour de *topoï*, c'est-à-dire de lieux communs, de la comédie italienne.

Des types comme Léandre et Isabelle (les jeunes gens amoureux) ou encore le docteur (souvent nommé Baloardo [1] dans la *commedia dell'arte*) y sont représentés. On les retrouve dans *Le Barbier*. De son côté, Figaro est issu des valets de la comédie italienne : intrigants, se jouant de tous, beaux parleurs. Les figures d'Arlequin, Scapin, Trivelin sont renouvelées

1. Le jeu sur le nom du docteur Bartholo (acte II, scène 12) est une réminiscence de cette tradition.

par le personnage de Figaro, valet adroit, ravi de tromper son maître, qui semble en proposer une synthèse.

L'OPÉRA-COMIQUE

La musique est omniprésente au XVIIIe siècle. Cette période est ponctuée de nombreuses querelles musicales [1]. Les philosophes s'intéressent vivement à la musique, non seulement dans les articles de l'Encyclopédie qu'ils écrivent, mais aussi dans des ouvrages consacrés uniquement à cet art. Les instruments, l'harmonie, les sons, l'enseignement de la musique passionnent Diderot, d'Alembert, Rousseau, Beaumarchais. La musique, et en particulier l'opéra, fascine car elle constitue un art complet : à la musique des instruments et du chant s'ajoutent la poésie du livret, la danse, le jeu théâtral des chanteurs, la recherche esthétique de la décoration.

La première version du *Barbier de Séville*, écrite en 1772, est un opéra-comique. Bien que remaniée pour le théâtre, la pièce est ponctuée de chansons, d'ariettes et autres couplets et le rythme des répliques, leur enchaînement, n'est pas sans évoquer un rythme musical. Fidèle à l'esthétique de Diderot, Beaumarchais cherche à créer un théâtre qui sollicite tous les sens.

LE DRAME BOURGEOIS

Le drame bourgeois, ou drame larmoyant, est issu des recherches de Diderot, qui en fait la théorie dans son *Discours sur la poésie dramatique* de 1762 [2]. Il s'agit de casser la dichotomie classique entre comédie et tragédie. La tragédie est fondée sur le statut social des personnages, à l'opposé de la comédie qui met en scène des personnages appartenant à l'ensemble des couches de la société, en particulier à la bourgeoisie. Le réalisme ne peut se faire jour que dans la sphère du comique. Selon Diderot, il convient donc de représenter sérieusement sur la scène des individus appartenant à la bourgeoisie. Il faut par ailleurs renoncer au

1. Entre « lullistes » et « ramistes » (les partisans de Lully et ceux de Rameau), entre les partisans de la musique italienne tels Grimm, Rousseau et les encyclopédistes (elle est jugée plus naturelle et connue par l'*opera buffa*) et ceux de la musique française, entre les partisans de Piccinni et ceux de Gluck. \ **2.** Diderot a fait représenter en 1761 *Le Père de famille*.

théâtre de caractères (des figures morales) : Molière peint le misanthrope, l'avare. Diderot souhaite mettre sur la scène des conditions, des métiers (des figures sociales).

La question des genres

Diderot est à la fois le théoricien du drame bourgeois et l'un de ses principaux illustrateurs. Il défend l'idée selon laquelle une même intrigue peut servir de trame à la fois à une comédie et à une tragédie. C'est ce qu'exprime aussi Beaumarchais en écrivant : « Voilà le fond, dont on eût pu faire, avec un égal succès, une tragédie, une comédie, un drame, un opéra, *et cætera*[1]. » Beaumarchais souligne dans *L'Essai sur le genre dramatique sérieux* qu'il existe un « genre intermédiaire entre la tragédie héroïque et la comédie plaisante » : le drame sérieux hérité du drame bourgeois diderotien. Mettant sur scène des caractères sérieux, mélangeant les tons comique et tragique, le drame bourgeois a profondément influencé Beaumarchais : Rosine, toujours à la fois héroïne et victime, est un personnage en partie issu de cette dramaturgie.

Théâtre et roman

L'influence du genre romanesque sur le théâtre est essentielle pour Diderot. Beaumarchais s'en prévaut également. On peut ainsi lire *a posteriori* dans *Un mot sur La Mère coupable* (1792) son désir de « présenter en trois séances consécutives, tout le roman de la famille Almaviva[2] ». La grande continuité qui s'établit dans la trilogie invite à ne pas lire le *Barbier* comme une œuvre autonome, mais bien comme le début d'une réflexion sur le temps et les rapports humains qui se construit en trois étapes, d'abord sur le mode de la comédie puis sur celui du drame. Le théâtre fait éprouver la durée des existences. Le temps représente en effet une menace pour la famille, qui est le sujet du drame.

Le principe de vraisemblance

Le principe de vraisemblance anime les dramaturges du XVIIe siècle, l'intérêt du spectateur guide ceux du XVIIIe. Il s'agit de toucher les specta-

1. *Cf. Lettre modérée*, p. 19, l. 295-297. \ **2.** *Un mot sur La Mère coupable*, éd. R. Pomeau, p. 247.

teurs et de leur faire verser des larmes qui leur procurent du plaisir et les moralisent. La sensibilité devient le critère de la représentation. Derrière un désir identique d'illusion théâtrale, l'enjeu abordé différemment demeure le même : comment imiter au mieux la réalité, comment refléter les choses ? lesquelles représenter surtout ? Le drame bourgeois cherche à quitter les sujets traditionnels, historiques, bibliques, conventionnels, en mettant en scène des personnages d'une plus humble condition.

Les conditions représentées, c'est-à-dire des situations familiales et professionnelles, sont articulées ou non à des caractères. Ainsi, dans *Le Père de famille*… Dans *Le Barbier de Séville*, le fait que Figaro exerce le métier de barbier n'est pas anodin : il n'est plus seulement domestique, valet, il est doté d'une existence autonome, d'un métier, d'un passé familial comme le prouve l'apparition de sa fille.

Enjeux esthétiques

Les évolutions dramaturgiques conduisent à des évolutions esthétiques, mélange des tons, mais aussi goût du « tableau ». Cette esthétique du tableau, associée entre autres à des pantomimes, confère un nouveau rythme au déroulement des scènes et une importance renouvelée à la gestuelle des acteurs. La prose est privilégiée par rapport au vers, les phrases exclamatives et interrogatives, expressions directes des sentiments, manifestations des affects, sont multipliées au sein des répliques. Les sujets néanmoins demeurent traditionnels, ainsi, le thème du mariage secret (présent dans *Le Barbier de Séville*) est-il très représenté dans ce genre théâtral. Le naturel est ainsi recherché dans le langage, les dialogues tendent à se rapprocher des conversations. La succession des répliques est plus fluide, et, hormis de notables exceptions, l'œuvre de Beaumarchais accorde une moindre place aux tirades et aux monologues.

Le rapport au public

Enfin, la proximité du théâtre (personnages, intrigue, thèmes, style, sensibilité) et du public est selon Beaumarchais essentielle. Le public visé est plus large. De plus, il ne s'agit plus (ou pas seulement) de le conduire à analyser ou à raisonner mais à éprouver des émotions qui l'amèneront à être plus moral. L'enjeu est la compassion éprouvée par le spectateur à l'égard du personnage (ainsi par exemple à l'égard de

Rosine) ; face à son infortune, le spectateur peut envisager à la fois l'attitude morale à adopter dans ce cas particulier, mais aussi dans un cadre collectif, en généralisant. Le public ne doit plus être enjoint à devenir complice d'un héros souvent un peu fripon comme c'est traditionnellement le cas dans la comédie[1]. Le drame a pour ambition de se servir de la sensibilité et de la morale pour accéder à une certaine vérité humaine.

LE ROMAN PICARESQUE

Le roman picaresque, tels *Gil Blas* de Lesage ou *Lazarillo de Tormes*, alimente l'œuvre de Beaumarchais, et ce non seulement à travers l'univers espagnol représenté dans la pièce, celui des guitares, des alcades, des alguazils, mais aussi par la biographie de Figaro qui se décrit lui-même comme un émule des *picaros*. La figure de Figaro est inscrite dans une temporalité – Figaro, contrairement à Arlequin, Scapin ou Sganarelle, a un passé. Celui-ci est détaillé, remanié, approfondi – avec plus ou moins de cohérence – tout au long de la trilogie, ce qui pousse de nombreux critiques à voir en lui un héros romanesque, dont les aventures auraient pu prendre place dans un roman picaresque. La solitude de Figaro, les multiples métiers qu'il a exercés, son désir d'ascension sociale, les chutes et les retours en grâce qui jalonnent son parcours, son goût des ruses et des déguisements, ses rencontres avec toutes les couches de la société sont autant d'éléments hérités du roman picaresque.

LA DRAMATURGIE DU *BARBIER DE SÉVILLE*

LA STRUCTURE DE LA PIÈCE ET LE TRAITEMENT DES UNITÉS

Une structure apparemment simple

Le Barbier de Séville présente une structure proche de celle de la comédie classique, une exposition relativement brève, le déploiement de l'action

1. « C'est que, l'opposé des valets, il n'est pas, et vous le savez, le malhonnête homme de la pièce [...] », préface du *Mariage de Figaro*, éd. R. Pomeau, p. 120.

qui repose sur une seule intrigue puis un dénouement heureux même s'il n'est pas univoque. L'intrigue est moins guidée par la cohérence interne de l'action que dans la tragédie, l'harmonie est paradoxalement donnée par la multiplication des péripéties et des rebondissements. Ainsi, si l'unité d'action est respectée, des enjeux secondaires apparaissent.

Le sujet de l'intrigue lui-même est très représenté dans la comédie classique : les deux jeunes gens vont-ils parvenir à s'épouser ? La structure actancielle du *Barbier* est simple et construite autour de la quête, unique, d'Almaviva qui a pour objet Rosine. Un adjuvant (Figaro) et un opposant (Bartholo) prennent part à cette entreprise. Mais Beaumarchais ajoute un personnage qui lui est propre et confère à sa dramaturgie son identité : le personnage double de Bazile, tantôt adjuvant, tantôt opposant.

Cette simplicité apparente de la structure est renforcée par les jeux de symétrie présents dans la pièce : ainsi, parmi les objets de la pièce trouve-t-on deux lettres, deux contrats de mariage, deux éclairages à la bougie, deux bourses[1]. Parmi les jeux auxquels se livrent les personnages, on assiste de la part de Rosine à deux évanouissements factices[2], de la part du comte à deux déguisements successifs. Bazile est deux fois au centre d'une scène de stupéfaction[3]. Ces échos, renforcés le plus souvent par les didascalies, mettent en valeur la forte structuration de la pièce, contre la vraisemblance, ils désignent la théâtralité.

Un rythme virevoltant

Beaumarchais revendique dans sa *Lettre modérée* une fantaisie créatrice mais aussi la simplicité du plan de cette œuvre. Or cette « espèce d'*imbroille* », suivant l'expression de Beaumarchais dans *La Lettre modérée*, est fort complexe. Dans la comédie d'intrigue traditionnelle, les personnages ne sont qu'esquissés, les multiples rebondissements de l'action procurent l'illusion d'un mouvement continuel. Dans la pièce de Beaumarchais – comme dans une comédie de caractère – les personnages sont décrits relativement précisément (dans leurs aspects psychologiques

1. On a pu parler à propos du théâtre de Beaumarchais d'une dramaturgie de l'objet : décors et accessoires sont en effet toujours significatifs (la lettre, l'encre, le papier, la bougie parcourent la pièce). \ **2.** Acte II, scène 15 et acte IV, scène 6. \ **3.** Acte III, scène 11 et acte IV, scène 7.

et moraux) mais ces portraits, plus ou moins subtils, ne mettent jamais à mal l'intrigue : l'action et le mouvement sont incessants. En effet, outre les multiples actions des personnages, chaque acte présente de très nombreuses péripéties[1]. Seul le premier acte, qui par nature expose l'action, est moins virevoltant. C'est un acte de présentation dans lequel néanmoins l'action se met en place et où l'intrigue débute véritablement lorsque Bartholo observe que Rosine laisse tomber un papier de sa jalousie. Si l'on envisage l'acte II, à partir du moment où Bartholo a décidé de précipiter son mariage, les péripéties s'accumulent : Figaro promet à Rosine l'aide de Lindor, Bartholo confond Rosine et lui prouve qu'elle a écrit une lettre, mais l'irruption d'un cavalier ivre (Almaviva déguisé) les interrompt, cet homme donne une lettre à Rosine mais Bartholo les surprend, exigeant de voir ce courrier, il est déjoué par Rosine qui feint de s'évanouir et substitue à la lettre du comte une missive de son cousin, lisant alors elle-même la lettre, elle découvre qu'elle n'aurait pas dû éteindre la dispute avec son tuteur. Pour le lecteur et surtout pour le spectateur, cette succession d'actions, mais aussi d'états d'esprit – chacun se sent tantôt en position de force, tantôt anéanti – est particulièrement surprenante, et ce d'autant plus que Beaumarchais (une fois sa pièce raccourcie), parvient à maintenir ce rythme de l'enchaînement des péripéties dans les deux actes suivants.

Le rôle du hasard

Ces péripéties interviennent bien souvent « grâce au hasard qui régit tout[2] ». Le hasard constitue en effet – et c'est une autre spécificité de la dramaturgie de Beaumarchais – un ressort essentiel de l'intrigue. Les péripéties sont fréquemment d'heureuses (ou malheureuses) coïncidences ; ainsi la rencontre du comte et de Figaro, ou le hasard qui retient Bartholo hors de chez lui, alors que le comte s'y est introduit.

1. *Péripétie* : un changement soudain et imprévu de situation, Aristote la définit comme un « renversement de l'action », le passage du bonheur au malheur et inversement. Originellement, elle était liée au moment tragique des pièces ; au sens moderne, elle désigne « les hauts et les bas de l'action » selon l'expression de P. Pavis, *op. cit.*, p. 247. \ 2. *Grâce au hasard qui régit tout* : expression de Figaro dans *La Mère coupable*, acte IV, scène 1.

Le temps comme enjeu

La comédie de Beaumarchais tire donc en partie sa spécificité du rythme avec lequel s'accomplit l'action, néanmoins unique. Beaumarchais respecte aussi l'unité de temps. La pièce commence tôt le matin. Cette inscription dans la temporalité est essentielle comme nous le montre le premier monologue du comte (acte I, scène 1). Le temps sera un défi constant pour l'ensemble des personnages. La pièce s'achève tard le soir ; la nuit est tombée, « le théâtre est obscur », Bazile a une « lanterne de papier » (acte IV, scène 1), les valets portent des « flambeaux » dans la dernière scène. Le temps est chez Beaumarchais un véritable ressort dramaturgique, mais aussi un ressort esthétique. Au dernier acte du *Barbier*, comme au dernier acte du *Mariage*, les personnages tirent parti du clair-obscur et le dramaturge, comme le metteur en scène, en joue.

Beaumarchais place le temps, l'usure des sentiments, la labilité des états d'âme au centre de ses œuvres. Cette problématique renouvelle profondément le genre de la comédie. *Le Mariage de Figaro* est par excellence la comédie du désenchantement, de l'évanescence de l'amour – le temps a passé et Almaviva ne voit plus la beauté de sa femme. Paradoxalement, la *Lettre modérée* nous fait pressentir cette désillusion, préparant la mélancolie à se faire jour dans la comédie. L'engouement de la jeunesse, la satiété des adultes sont présentés dans la *Lettre modérée*. Il existe dans le *Barbier* un potentiel de nostalgie. La douce euphorie des instants de la séduction laisse ouverte la porte à bien des possibles, notamment celui présenté par *Le Mariage de Figaro*, qui démythifie grandement à la fois l'institution du mariage et le sentiment amoureux, magnifiés dans le *Barbier*.

Le traitement de l'unité de lieu

C'est par le traitement de l'unité de lieu que Beaumarchais se démarque de la comédie traditionnelle. En effet, la pièce se déroule en deux lieux : la rue, devant la maison de Bartholo, puis l'intérieur de cette maison. Ce cadre correspond au décor traditionnel des comédies : un milieu bourgeois et contemporain de l'écriture de la pièce. Le réalisme (au contraire d'un cadre princier ou d'un cadre antique) est le propre de la comédie. Les deux espaces de la pièce sont connectés par la jalousie. Cet élément est visible depuis les deux lieux. Il symbolise l'état d'esprit des personnages (la jalousie – le sentiment et non la persienne –, la crainte, la ruse, l'enfermement, l'amour aussi) et joue un rôle important dans le déroulement de l'action tout en matérialisant la volonté de pénétration et d'enlèvement : l'enjeu de la comédie est proprement spatial. La pièce se construit sur une opposition entre le dedans et le dehors, sur un mouvement général de pénétration. Il s'agit pour le comte de parvenir jusqu'à Rosine pour lui déclarer sa flamme et l'épouser. La pièce se termine par un rassemblement de tous les personnages dans la maison de Bartholo.

DES PERSONNAGES RENOUVELÉS, À LA CONFLUENCE DE MULTIPLES HÉRITAGES

Au triangle traditionnel de la comédie – composé de Bartholo, Rosine et Almaviva – s'ajoutent deux présences essentielles : Figaro, l'ancien valet d'Almaviva qui souhaite encore rendre service à son ancien maître, et Bazile, personnage de fourbe, qui est dans le camp de Bartholo. Les couples convenus (maîtres et valets, barbons et jeunes premiers) sont mis à mal.

Le renouvellement du valet de comédie

Figaro hérite des valets des pièces de Molière et de Marivaux, du théâtre espagnol et du théâtre italien. Comme eux, il a exercé de nombreux métiers, comme eux, il est doté d'une immense gaieté communicative, d'une grande ingéniosité et d'un sens de l'intrigue qui mène toute la pièce. Enfin, son sens de l'humour, ses réparties, insolentes ou provocatrices, possèdent une certaine force satirique qui sera développée dans *Le Mariage*. Il donne à la pièce son titre – qui rappelle qu'il n'est plus valet, mais bien qu'il possède une situation indépendante. Il a dans la pièce un rôle au moins aussi important que le comte. L'héritage du roman picaresque lui donne une spécificité : Figaro a un passé. Il a erré, a exercé bien des métiers, a rencontré moult difficultés, mais il a vécu. Certes, il conserve la faconde, la gaieté, l'absence de scrupules des valets de la *commedia dell'arte*, mais il est doué d'une existence autonome, il n'est plus un valet. Il n'est plus au service du comte, il l'aide, s'associe à lui, volontairement. Cette nouvelle position reflète les ambitions de la bourgeoisie sous l'Ancien Régime, aspirant à plus d'égalité. Comme le comte, comme Bartholo, Figaro est un personnage qui aime se déguiser, jouer la comédie, feindre et tromper.

Figures masculines

Les trois autres personnages masculins possèdent les mêmes goûts, la même essence dramatique. Le comte Almaviva est en effet spécifique en ce qu'il joue et accepte de se déguiser. Ceci est d'autant plus original que la comédie réservait difficilement une place aux nobles, qui étaient représentés dans la tragédie. Almaviva conserve malgré ses déguisements successifs sa dignité et son apparence de grand seigneur [1]. La pièce donne peut-être ainsi à voir involontairement ce contre quoi elle lutte : cette « essence » noble qui serait le propre des hommes appartenant au second ordre, une essence dont ils ne pourraient se défaire. Pourtant, ce que cherche à dire la pièce, c'est bien cette quête d'un homme désirant être aimé pour lui-même, sans que sa noblesse ou sa fortune interviennent : paradoxalement, il cherche, comme Figaro, à ce que son mérite soit reconnu.

Le barbon fourbe de la pièce, loin d'être sot, est aussi un acteur subtil. En effet, Bartholo, qui hérite à la fois du personnage du vieillard aigri, tyrannique et jaloux et du personnage du docteur de la *commedia dell'arte*, est aussi un émule d'Arnolphe. Particulièrement subtil pour un personnage tenant un rôle d'opposant, il ne se laisse pas aisément détrôner par les jeunes gens de la pièce. Grâce à la lucidité et au soupçon permanent, il parvient à déjouer bien des tours, retardant sans cesse le dénouement ; s'il échoue, c'est à cause de son excès de zèle.

Bazile, lui, hérite aussi de Molière, mais du personnage de l'hypocrite, du Tartuffe. Traître, corrompu, cupide, il est aussi en léger décalage avec le genre de la pièce. Sa place aurait été plus attendue dans un drame. Le genre comique privilégie en effet un certain manichéisme. L'éloge de la calomnie que fait Bazile est à la fois drôle et immensément cynique. Il est à la fois adjuvant et opposant. Son existence est néanmoins légitimée par le caractère profondément bouffon de ses répliques, en particulier lors de la scène de « stupéfaction ». L'aspect ridicule de ce personnage,

1. L'évocation dans le premier monologue de ses années de libertinage le rapproche du Dom Juan de Molière.

rattaché à l'Église par son état et son costume, constitue un écho aux farces médiévales qui ridiculisaient moines et curés. Sa cupidité mise en évidence à au moins deux reprises par Beaumarchais (acte III, scène 11 et acte IV, scène 7) en fait un personnage éminemment trivial. Acte IV, scène 1, l. 1760-1765, Bazile explicite son point de vue sur l'argent.

Figure féminine

Face à ces hommes, plus ou moins fourbes, toujours joueurs, déguisés ou pas, Rosine occupe une place ambiguë. Jeune première, ingénue certes, mais aussi libertine. Elle constitue un personnage d'adolescente, préfigurant dans une certaine mesure le Chérubin du *Mariage*. Noble, Rosine semble par instant être un personnage de roman ou de drame. Mais, luttant contre son « esclavage », elle est amenée à être particulièrement délurée. Sa vivacité, sa capacité à tromper Bartholo, à participer à l'intrigue permettent à Beaumarchais de revaloriser le rôle féminin dans la comédie et laissent pressentir les intrigues conduites dans *Le Mariage* par celle qui est devenue la comtesse, aidée de Suzanne et de Marceline.

LE COMIQUE

Le comique de Beaumarchais repose sur un jeu avec les conventions théâtrales. Très conscient des attentes des spectateurs et des traditions dramaturgiques, il prend plaisir à désigner ces dernières, à les détourner, à souligner certains traits, à inscrire dans son texte des décalages qui permettent au second degré de se faire jour. L'imitation de la nature, enjeu incontournable pour les théoriciens du théâtre et les dramaturges depuis Aristote, devient chez lui une prise en compte de la vraisemblance, mais distanciée, comme regardée de haut. Le comique de la pièce est porté par la rapidité du tempo (le grand nombre de scènes et de péripéties) mais aussi par le brillant du dialogue : la concision, la vivacité, l'esprit et le second degré, la mise à distance du théâtre.

Les différentes formes de comiques

Le comique de situation, lié à l'intrigue, est incarné par les rebondissements en série que l'on a envisagés précédemment. Bazile, le traître fourbe, est un personnage emblématique du comique de caractère qui repose sur une exagération des défauts humains : ainsi est-il comique à chaque fois qu'il expose sa cupidité – et ce d'autant plus qu'une situation identique (la proposition d'une bourse) se répète. Le comique de mœurs, qui ridiculise les tendances d'une époque, est par exemple illustré par la réplique très conservatrice de Bartholo critiquant ce « siècle barbare » (acte I, scène 3). La Jeunesse et l'Éveillé sont emblématiques du comique de gestes, issus de la farce et de la *commedia dell'arte*, ils font rire par leurs bâillements et leurs éternuements. Les déguisements relèvent aussi du comique de gestes. Cependant, le comique développé le plus subtilement et de la manière la plus personnelle par Beaumarchais est le comique de mots.

Les mots d'esprit

Le comique de la pièce repose en grande partie sur la virtuosité langagière des protagonistes, il est porté par le rythme du dialogue. La pièce de Beaumarchais multiplie les mots d'auteur dont on verra qu'ils servent fréquemment la dénonciation d'abus. L'amour est l'objet de bien des bons mots, ainsi acte I, scène 6, l. 377-381 et l. 421-424. Cette dernière réplique, qui repose sur un exact parallélisme tire sa force de son ironie. L'amour subit tous les assauts, parce qu'il sort finalement vainqueur. Acte II, scène 1, Figaro et Rosine en font un principe vital (l. 532-535). Dès la scène 2 de l'acte I est mise en place une « esthétique de la réception », une manière appropriée peut-être de lire l'œuvre, à l'image de la « philosophie » de Figaro :

> LE COMTE. – Qui t'a donné une philosophie aussi gaie ?
>
> FIGARO. – L'habitude du malheur. Je me presse de rire de tout, de peur d'être obligé d'en pleurer (acte I, scène 2, l. 175-177).

Accumulations et répétitions

Les enchaînements entre les répliques et le contenu des répliques sont les deux manières de mettre en avant le brio langagier. Les répétitions possèdent un fort potentiel comique. Ainsi, acte III, scène 11, le terme « homme de loi » semble rebondir de réplique en réplique ; le « Allez vous coucher » remplit le même office comique dans cette « scène de stupéfaction ». De même, l'acte deux se clôt sur un martèlement du mot « fou », du « Il est fou ! » de Figaro (scène 13) au « Je suis fou ! » de Bartholo (scène 14), le comique est porté par ces échos.

Les accumulations constituent une autre figure. Beaumarchais admire profondément Rabelais ; son attrait pour la virtuosité et les accumulations verbales doit sans aucun doute à ses œuvres. La tirade de Figaro acte I, scène 2 en est représentative. Elle contient aussi de nombreux parallélismes : « [...] accueilli dans une ville, emprisonné dans l'autre, et partout supérieur aux événements ; loué par ceux-ci, blâmé par ceux-là ; aidant au bon temps, supportant le mauvais ; me moquant des sots, bravant les méchants [...] » (l. 168-171). De mots d'esprit en jeux de mots, Beaumarchais dans le *Barbier* propose au lecteur un texte subtilement travaillé où les sons (mis en valeur par le jeu des acteurs) et le sens se répondent.

GROUPEMENT DE TEXTES : LES DIFFÉRENTES FORMES DE LA PAROLE THÉÂTRALE

TEXTE 5 • *Le Barbier de Séville*, acte II, scène 2 en entier

ROSINE, *surprise*. – Ah ! monsieur [...] mes observation.

LIGNES 470-567, PAGES 66-69

Un dialogue

1. Quel rôle ce dialogue joue-t-il dans la pièce ?

Pour répondre
Quelles informations sont données par Figaro ? Quel rôle s'attribue-t-il dans cette scène ?

2. Comment progresse ce dialogue ?

3. Sur quoi repose le comique dans cette scène ?

TEXTE 6 • *Le Barbier de Séville*, acte II, scène 8 en entier

BARTHOLO *continue*. – Ah ! Don Bazile [...] la porte de la rue.

LIGNES 678-741 PAGES 74-76

Une tirade

1. Comment s'intègre la tirade l. 699 à 715 dans le reste du dialogue ?

2. Comment qualifieriez-vous cette tirade ?

Pour répondre

À quel registre appartient-elle ? Sur quelle figure de style repose-t-elle ? Étudiez son style en relevant notamment les gradations.

3. Que nous apprend cette tirade sur les personnages en présence ? Quel point de vue sur l'humanité offre-t-elle ?

TEXTE 7 • *Le Barbier de Séville*, acte I, scène 1 en entier

Le jour est moins avancé [...] Au diable l'importun !

LIGNES 1-15 PAGES 45-46

Le monologue d'exposition

1. Quelle est la fonction dramaturgique de ce monologue ?

Pour répondre

Ce monologue est un « monologue technique » : il correspond à l'exposé par un personnage de la situation initiale. Demandez-vous quelles informations nous apporte ce monologue. Interrogez-vous sur la présentation du lieu, de la temporalité, des personnages en présence.

2. Comment pourriez vous décrire le personnage du comte à partir de ce texte.

Pour répondre

Étudiez les pronoms personnels.

3. Comment cette scène texte se joue-t-elle des attentes du spectateur ?

TEXTE 8 • *Le Barbier de Séville*, acte III, scène 2 en entier

LE COMTE. – Que la paix et la joie [...] *Il s'en va.*

LIGNES 1148-1253 PAGES 93-97

L'aparté[1]

1. Comment les apartés montrent-ils une prise de conscience des personnages ?

2. Dans quelle mesure ces apartés instaurent-ils une complicité avec le public ?

1. *Aparté :* « discours du personnage qui n'est pas adressé à un interlocuteur, mais à soi-même (et, conséquemment, au public). Il se distingue du monologue par sa brièveté, son intégration au reste du dialogue. L'aparté semble échapper au personnage et être entendu "par hasard" par le public [...] », P. Pavis, *op. cit.*, p. 23.

3. Comment l'aparté pose-t-il la question de la vraisemblance ?

4. Comment la mise en scène peut-elle le rendre vraisemblable ?

TEXTE 9 • *Le Barbier de Séville,* acte II, scène 15 en entier

BARTHOLO *le regarde aller.* – Il est [...] de l'innocence même.

LIGNES 993-1141 PAGES 86-91

La double énonciation

1. Étudiez les jeux de scène.

Pour répondre

Essayez de classer les didascalies suivant leur fonction.

2. Comment pourriez-vous décrire la structure de la scène ?

Pour répondre

Étudiez l'évolution des rapports entre les deux personnages.

3. Expliquez la mise à mal de l'illusion théâtrale.

Pour répondre

Étudiez la duplicité à l'œuvre dans cette scène en envisageant les mensonges, les apartés, le jeu des regards, le monologue de Rosine. En quoi celui-ci peut-il s'offrir comme un reflet de la pièce en miniature ?

4. Quel est le rôle de cette scène dans le déroulement de l'intrigue ?

TEXTE 10 • *Le Barbier de Séville,* acte I, scène 6 en entier

LE COMTE. – Qu'ai-je entendu ? [...] *Il s'enfuit.*

LIGNES 356-458 PAGES 59-63

Le chant au théâtre

1. Comment le thème de la musique est-il abordé dans la scène ?

2. Quel est le rôle de la chanson ?

Pour répondre

Reportez-vous à l'acte I, scène 2, à l'acte II, scène 13 et à l'acte III, scène 4. Comment le chant facilite-t-il les échanges entre les personnages ?

3. Dans quelle mesure pourriez-vous dire que cette scène constitue une « leçon » pour le comte ?

VERS L'ÉPREUVE

ARGUMENTER, COMMENTER, RÉDIGER

L'étude de l'argumentation dans l'œuvre intégrale privilégie deux objets :

■ L'argumentation dans l'œuvre. *Chaque genre littéraire, chaque œuvre intégrale exprime un point de vue sur le monde. Un roman, une pièce de théâtre, un recueil de poésies peuvent défendre des thèses à caractère esthétique, politique, social, philosophique, religieux, etc. Ordonner les épisodes d'une œuvre intégrale, élaborer le système des personnages, recourir à tel ou tel procédé de style, c'est aussi, pour un auteur, se donner les moyens d'imposer un point de vue ou d'en combattre d'autres. Ce premier aspect est étudié dans une présentation synthétique, adaptée à la particularité de l'œuvre considérée.*

L'argumentation sur l'œuvre. *Après publication, les œuvres suscitent des sentiments qui s'expriment dans des lettres, des articles de presse, des ouvrages savants... Chaque réaction exprime donc un point de vue sur l'œuvre, loue ses qualités, blâme ses défauts ou ses excès, éclaire ses enjeux. Une série d'exercices permet d'analyser des réactions publiées à différentes époques, dans lesquelles les lecteurs de l'œuvre, à leur tour, entendent faire partager leurs enthousiasmes, leurs doutes ou leurs réserves.*

Quelle vision du monde, quelles valeurs une œuvre véhicule-t-elle, et comment se donne-t-elle les moyens de les diffuser ? Quelles réactions a-t-elle suscitées, et comment les lecteurs successifs ont-ils voulu imposer leurs points de vue ? L'étude de l'argumentation dans l'œuvre et à propos de l'œuvre permet de répondre à cette double série de questions.

L'ARGUMENTATION DANS *LE BARBIER DE SÉVILLE*

BONS MOTS ET DÉNONCIATIONS

Le Barbier de Séville est ponctué, comme les pièces suivantes, en particulier *Le Mariage*, de bons mots et de piques qui lui confèrent sa portée satirique. Les mots d'auteur présents dans les pièces de la trilogie sont bien souvent issus des *Notes et Réflexions* de Beaumarchais où il relevait ses idées et celles qu'il entendait. Il use ainsi pour effectuer ses dénonciations d'un style sentencieux qui repose sur des formules générales bien frappées et il est guidé par la recherche du trait.

Les revendications sociales

Les échanges entre le comte et Figaro sont les plus propices à une dénonciation sociale et politique. Acte 1, scène 2 se succèdent des provocations de la part de Figaro (l. 118-126). Si Beaumarchais « n'ébranle » certes pas l'État (pour reprendre son expression), il pose dans cet échange la question de la pauvreté, des hiérarchies sociales, du mépris social aussi (Almaviva se fait en effet l'écho des préjugés contre les pauvres). Contre la société d'ordres, les privilèges liés à la naissance, la prééminence de la noblesse, Figaro suggère d'observer le mérite. Grâce à cet énoncé paradoxal, « être digne d'être valet », il interpelle le comte et le public sur la question de la compétence. Beaumarchais, à travers Figaro, se fait le porte-parole des aspirations de la bourgeoisie. Il est intéressant d'observer que c'est le comte qui initie cet échange et permet à Figaro de placer successivement ses deux bons mots. Si Figaro sort vainqueur de l'échange par le brio de son discours qui convainc le public par la séduction qu'opère le rire, le comte n'est pas déstabilisé. La bourgeoisie provoque la noblesse, mais celle-ci demeure véritablement sûre d'elle. En effet, mettant à distance le propos de Figaro, pointant le fait que ce n'est qu'une remarque sur une scène de théâtre, le comte l'évalue – à la fois esthétiquement et idéologiquement. Par ce « pas mal », il renvoie Figaro à sa position d'inférieur, d'amuseur, et minimise insidieusement la portée de la dénonciation. Pourtant, pour le public, il est capital, dans le duel verbal où maître et ancien domestique rivalisent d'esprit, que ce dernier sorte gagnant – comme il l'est aussi dans le domaine de l'intrigue, véritable machiniste, ou dans celui du chant, maîtrisant l'art musical bien mieux que son maître, comme il ne manque pas de le rappeler avec une fervente ironie acte I, scène 6, l. 383-384. Cette maîtrise, comme celle du langage, lui confère un grand pouvoir. Mais Figaro est lucide, il peut aider le comte, se rapprocher de lui, il ne sera jamais son égal, l'affection du comte est intéressée, conjoncturelle comme le montre l'échange acte I, scène 2, l. 298-301.

La satire de la justice

La satire politique et sociale s'articule à une satire de la justice. Celle-ci est certes moins présente que dans *Le Mariage* ; néanmoins, il est possible de relever quelques critiques allusives, ainsi, acte II, scène 7, l. 652-656. Néanmoins, le fait que cette réplique soit mise au compte de Bartholo la décrédibilise. Ce qui est plus particulièrement dénoncé ici, ce sont les abus d'autorité dont sont victimes les domestiques, opprimés et asservis.

Acte III, scène 11, la critique de la justice est indirecte, néanmoins, on rit aux six apparitions de l'expression de « l'homme de loi ». Le comique de répétition est à l'œuvre… Dans la dernière scène cependant, la justice semble réhabilitée. Le comte en expose une vision idéale : « Les vrais magistrats sont les soutiens de tous ceux qu'on opprime. »

Les rapports entre hommes et femmes

S'il y a une portée féministe dans la pièce, elle se fait moins jour par des revendications explicites comme ce sera le cas dans *Le Mariage*, que par la compétence langagière accordée au personnage féminin. En effet, bons mots et mots d'auteur ne sont plus réservés au personnel masculin. Rosine aussi peut provoquer par ses répliques, ainsi, acte II, scène 15, l. 1124-1128.

Par cette parole, Rosine montre donc sa capacité à s'opposer à l'oppression de son vieux tuteur et revendique son droit au bonheur et à l'amour. Un amour choisi et non pas imposé. Se moquant ainsi de Bartholo avec humour, lui répondant en jouant sur les mots qu'il emploie, elle confère une portée bien plus grande à ses propos qu'elle ne l'aurait fait en se plaignant. Pourtant, Rosine a parfois les accents d'une héroïne de drame et c'est par l'émotion qu'elle peut alors persuader de la justesse de sa cause. Acte I, scène 3, l. 219-222, Rosine s'exprime sur sa condition[1]. Touchant les spectateurs, elle légitime ses actions futures tout en faisant connaître la condition des femmes.

Acte II, scène 15, l. 1132-1141, Rosine dénonce le sort réservé aux femmes soumises aux hommes qui les conditionnent. Les femmes doivent en effet avoir cet « usage du monde » qui, contre la nature, les pousse à devoir toujours jouer. Rosine, spontanée et naturelle, n'a pas encore dans *Le Barbier*, accès pleinement à l'artifice (comme ce sera le cas dans *Le Mariage*) lui permettant de se jouer des autres. Notons néanmoins qu'elle feint à plusieurs reprises un évanouissement avec une grande compétence. Mais la liberté est à ce prix, c'est à cause de l'homme qui l'opprime qu'elle est obligée d'apprendre à jouer un rôle.

Cette dénonciation s'effectue sous couvert d'espagnolisme. Acte II, scène 15, Bartholo déclare :

> Nous ne sommes pas ici en France, où l'on donne toujours raison aux femmes ; mais, pour vous en ôter la fantaisie, je vais fermer la porte (l. 1051-1053).

Le spectateur perçoit clairement l'ironie qui pointe sous cette remarque et comprend par antiphrase : « Nous sommes bien ici en France, où l'on ne donne jamais raison aux femmes. » Il ne s'agit pas pour Beaumarchais de dire que l'Espagne est plus ou moins machiste que la France, mais bien de mettre en lumière la situation des femmes à l'époque où il écrit la pièce.

Outre l'oppression dont sont victimes les pupilles, *Le Barbier* dénonce aussi le mariage dans la mesure où il peut devenir pour les femmes une servitude, un « esclavage » suivant le terme en vigueur dans la pièce dans la bouche de Rosine mais aussi du comte lorsqu'il évoque une possible union avec le vieux barbon[2].

La revendication du bonheur et d'un amour choisi, l'euphorie de la jeunesse, la dénonciation de l'oppression du mariage sont des thèmes qui s'articulent à la dénonciation des abus commis à l'égard des femmes. Sans être féministe, Beaumarchais a, dans la veine de l'esprit des

---

1. Les termes « esclave » et « esclavage » apparaissent fréquemment dans l'œuvre, ce martèlement donne plus de poids à la dénonciation. *Cf.* acte III, scène 4, l. 1318-1326. \ **2.** *Cf.* acte III, scène 9, l. 1580-1583 et acte III, scène 12, l. 1716-1722.

Lumières, dénoncé l'aliénation des femmes en montrant la révolte de Rosine qui parvient à faire un mariage d'amour. Beaumarchais met ainsi face à face le mariage forcé et le mariage d'inclination.

Une morale du plaisir

Même les personnages les moins valorisés savent user du langage subtilement. Ainsi, Bazile n'est-il pas dénué de compétence dans ses réparties. L'une d'elle illustre peut-être la morale du plaisir que véhicule dans une certaine mesure la pièce. Acte IV, scène 1, l. 1771-1776, Bazile apparaît en effet comme lucide et raisonnable au regard de Bartholo. Cette assertion de Bazile va dans le sens d'une morale libertine qui a pu être celle du comte et de Figaro. Suivre la raison serait suivre la nature. Contre la continence, la pièce expose une morale que d'aucuns nomment épicurienne qui rend victorieux la jeunesse, la nature, contre le vieux barbon. Figaro répond de manière provocante au comte acte I, scène 4, l. 345-346. Néanmoins, son engouement est communicatif, son assertion si spontanée et si enjouée parvient à conquérir le public. La quête du bonheur est un élément central des comédies de Beaumarchais. Suivant la philosophie des Lumières, celui-ci pense en effet que l'homme peut prétendre au bonheur sur terre (et non *post mortem* seulement…). Figaro, de par sa destinée mouvementée, reflète cette quête devenue légitime du bonheur individuel que l'on peut conquérir grâce à son mérite. Acte II, scène 1, l. 532-539, un dialogue entre Figaro et Rosine explicite les vertus de l'amour.

L'USAGE DE L'IRONIE

L'ironie est suivant la définition du *Petit Robert* une « manière de se moquer de quelqu'un ou de quelque chose en disant le contraire de ce qu'on veut faire entendre ». Cette disposition à la raillerie est connue pour être emblématique de l'esprit des Lumières. Les personnages de Beaumarchais n'en sont pas dénués.

Dans sa pièce, Beaumarchais utilise particulièrement l'ironie à l'égard du genre théâtral lui-même, pointant sans cesse le fait que les personnages ne sont que des personnages, et que la scène sur laquelle ils sont n'est pas celle du monde. La remarque la plus explicite est celle du comte acte III, scène 2, l. 1237-1240. Dans cette phrase, le comte désigne clairement l'illusion théâtrale.

Le jeu sur le titre de la pièce participe aussi à cette distanciation. Il apparaît en effet acte I, scène 3, l. 185-191, acte I, scène 4, l. 236, acte III, scène 4, l. 1313-1317 et acte IV, scène 8, l. 2093-2096. Ainsi, trois personnages significatifs (Rosine, Bartholo et Figaro) prononcent alternativement le titre de la pièce, jouant sur son sens. Le terme « précaution », même hors du titre, hante leurs discours[1]. La fréquence de ces occurrences est significative du message de l'œuvre, de sa morale formulée par Figaro à la clausule de la pièce.

LE RECOURS À L'IMPLICITE

L'implicite, bien qu'indirect, est un moyen très fécond pour argumenter. Les non-dits, les sous-entendus, en disent souvent plus long que les tirades. Beaumarchais use en effet de la suggestion. Il laisse le spectateur percevoir la subjectivité du personnage, les relations de pouvoir, les revendications. Ainsi, acte II, scène 4, l. 591-599, l'échange entre Rosine et Bartholo relève de ce traitement de l'implicite. Bartholo ne désigne pas clairement de coupable, laissant au public et à Rosine imaginer ses suspicions. De même, il met en place une distance affective avec sa pupille, la nommant « madame » alors que dans la suite de l'acte il l'appellera « mon enfant », jouant le père affectueux et attentionné. De même, Rosine, répétant ingénument « a l'air », relance l'échange et la polémique, feignant de ne pas comprendre le barbon pour mieux le provoquer.

L'aparté qui suit constitue au contraire un moment d'explicitation. L'aparté est un vecteur important de revendications ou de dénonciations. Il permet de créer une complicité avec le public, de rappeler la situation, de faire des confidences, mais aussi de porter des jugements. Si le dialogue repose sur l'échange des points de vue, l'intersubjectivité ouvre la porte au mensonge, l'aparté communique la véritable intention du personnage. L'autoréflexité, créant une connivence avec le public, permet, dans une certaine mesure, de le persuader de la justesse de sa cause : ici, la jeune fille malheureuse, enfermée, opprimée, cherche à conquérir le public, lui montrant combien Bartholo est oppressant et soupçonneux.

1. Acte II, scène 4, l. 586-590, acte II, scène 9, l. 742-747 et acte IV, scène I, l. 1812.

GROUPEMENTS DE TEXTES : JUGEMENTS CRITIQUES

TEXTE 11 • Beaumarchais, Préface du *Mariage de Figaro* (1795)

Ainsi, dans *Le Barbier de Séville*, je n'avais qu'ébranlé l'État ; dans ce nouvel essai [1], plus infâme et plus séditieux, je le renversais de fond en comble.

1. Dans quelle mesure pouvez-vous dire que *Le Barbier de Séville* contient des critiques à l'égard de l'État ?

2. Est-ce selon vous une pièce « séditieuse » ? Beaumarchais est-il objectif ?

TEXTE 12 • Gabriel Conesa, *Le Barbier de Séville* (1985)

Paris, Le Livre de Poche.

Bien qu'on ait voulu voir, à certaines époques, en Figaro un « révolutionnaire-émeutier » (Alexandre Dumas), ce n'est pas par les idées qui y sont exprimées que *Le Barbier de Séville* a survécu à son temps. En effet, non seulement une partie des thèmes satiriques y est traditionnelle, comme celui de la médecine par exemple, mais aussi sur les thèmes propres au XVIIIe siècle (critique de l'autorité, de l'attitude des grands, de l'injustice sociale, de la censure), il apparaît, comme l'a montré Félix de Gaiffe [2], que Beaumarchais est en retrait par rapport aux audaces de ses contemporains.

1. Relevez dans le texte les passages où apparaissent ces « thèmes satiriques ».

2. Au regard du premier texte, quel est, selon Gabriel Conesa, la portée véritable de la pièce ?

TEXTE 13 • Gabriel Conesa, *La Trilogie de Beaumarchais* (1985)

Paris, PUF.

Beaumarchais aime ce langage de l'instant présent, dont l'effet est goûté au moment même où il se produit, souvent sans relation

1. *Ce nouvel essai* : désigne la pièce *Le Mariage de Figaro*. \ **2.** *Le Drame en France au XVIIIe siècle*, Paris, Armand Colin, 1910, rééd. 1980.

avec un événement antérieur de l'intrigue et sans incidence sur l'évolution ultérieure du dialogue.

1. Qu'implique ce jugement de G. Conesa sur le langage de Beaumarchais ?

2. Relevez des répliques qui illustrent ce jugement.

TEXTE 14 • Michel Corvin, *Lire la comédie* (1994)

Paris, Dunod

La comédie est une affaire de territoire à protéger ou à conquérir, physiquement et métaphoriquement [...]. Ce qui explique que beaucoup d'œuvres classiques racontent l'histoire d'une agression menée de l'extérieur ; elle va, pour réussir, violer l'intimité du dedans en s'affrontant à ses gardiens naturels, pères ou barbons. Une fois l'opération réussie, c'en est fini de la clôture, au double sens de protection et de prison : le gardien vaincu n'a plus qu'à s'effacer. On aura reconnu le schéma de *L'École des femmes*, du *Barbier de Séville*. [...]

1. Lisez *L'École des femmes*. Le « schéma » est-il le même que celui du *Barbier* ?

2. Comment pouvez-vous mettre en rapport cet enjeu spatial et la règle des trois unités ?

TEXTE 15 • Henri Gouhier, *Le Théâtre et l'Existence* (1993)

Paris, Vrin.

À la comédie, le problème est donc moins de finir que de bien finir, même si bien finir n'est pas vraiment finir.

En fait, rire ou sourire, son dénouement est toujours conventionnel. Mais où est exactement la convention ?

La convention consiste à baisser le rideau sur l'avenir comme sur le passé. [...] Abolissons demain. C'est bien là ce que signifient les gambades et les chansons : le divertissement nous divertit de ce qui viendra après. [...] Comme la comédie est légère ! De la légèreté de ce dernier instant sur qui ne pèse aucun futur. Cette façon de traiter le temps distingue profondément la comédie de la tragédie et du drame [...]. La mort est dramatique parce qu'avec elle l'avenir est aboli pour l'homme de la scène et pas seulement oublié pour l'homme de la salle : la troisième dimension du temps est terriblement évoquée dans le mystérieux événement qui la supprime. Rien de comparable avec un final de comédie : Ruy Blas[1] perd ce que Figaro escamote.

1. Explicitez la thèse d'Henri Gouhier au regard du dénouement du *Barbier*.

2. Quel point de vue sur l'existence offre selon lui la comédie ?

TEXTE 16 • René Pomeau, *Beaumarchais ou la Bizarre destinée* (1996)

Paris, PUF.

Dans la comédie définitive[2], ce sera Figaro qui non seulement « arrangera », mais imaginera les déguisements du comte en soldat, en assesseur de Bazile ; c'est lui qui médicamentera les gens de Bartholo, dérobera la clef de la jalousie… Il ira jusqu'à faire la cour à Rosine, en la place du comte, par délégation. L'initiative est alors passée du maître au valet, ce qu'expriment les titres, puisque ceux-ci renvoient aux protagonistes[3] successifs de l'intrigue : après *Le Sacristain*, *Le Barbier de Séville.*

[…]

Avec *Le Barbier de Séville*, Beaumarchais ramenait le rire sur la scène française. Ce n'était pas le sourire avec lequel on suivait naguère Marivaux dans ses « plaisants détours », ni le comique robuste de Molière. Il existe une sorte de rire que Molière n'a pas complètement ignoré : un rire de sympathie pour la jeunesse qui franchit allégrement tous les obstacles. C'est un comique de mouvement qui nous entraîne à l'acte premier : Figaro assis sur une borne gratte sa guitare ; le comte survient, Figaro se lève ; on lui explique de quoi il s'agit et le voilà parti. Il « vole à la fortune », si vite qu'il laisse là son instrument et oublie de dire où il habite ; il doit revenir sur ses pas, pour repartir de plus belle. Au spectacle du *Barbier*, on rit d'allégresse, et l'on pourrait rire davantage. Beaumarchais l'a-t-il senti, quand il tente d'étendre sa comédie sur cinq actes ? Si l'auteur dut « se mettre en quatre » pour rattraper le genre comique

1. *Ruy Blas* : héros du drame éponyme de Victor Hugo. \ **2.** *La comédie définitive* : envisagée au regard du *Sacristain* et des feuillets de note retrouvés qui contiennent des versions préliminaires. \ **3.** *Protagonistes* : acteur qui jouait le rôle principal dans une tragédie grecque, devenu le personnage principal en général.

qui est le sien, *Le Barbier de Séville,* sous sa forme définitive, laisse désirer un *allegro* plus soutenu.

1. De quel autre texte pouvez-vous rapprocher la première partie du jugement de R. Pomeau ?

2. Que reproche-t-il ensuite au *Barbier* ? Résumez son point de vue en une phrase.

SUJETS

INVENTION ET ARGUMENTATION

Sujet 1

Dans la fameuse tirade de la calomnie (acte II, scène 8), Bazile fait à Bartholo l'éloge de la calomnie en une description grandiose. Imaginez un éloge paradoxal qui finira par une personnification de la notion que vous aurez choisie.

Sujet 2

Imaginez le contenu de la lettre écrite par le comte à Rosine. Leur première rencontre, la vie antérieure du comte, ses projets pour l'avenir sont parmi les thèmes que vous pouvez aborder.

Sujet 3 : lecture d'image (p. 205)

1. À quelle scène de la pièce de Beaumarchais correspond cette photographie ? Quels éléments vous permettent de le dire avec certitude ?

2. Dans cette mise en scène de Jérôme Savary, le décor est très explicite. Que cherche-t-il à traduire selon vous ?

3. Quels effets produisent sur les spectateurs les positions et attitudes des acteurs ?

Sujet 4 : lecture d'image (p. 207)

1. Étudiez les costumes des personnages : vous permettent-ils d'identifier les personnages ? En quoi l'un de ces « costumes » est-il spécifique par rapport à la caractérisation du personnage qu'il implique ?

2. Demandez-vous à quelle scène de la pièce correspond cette image. Que signifient les regards et la position des personnages ?

3. Comment pouvez-vous interpréter le décor ?

Sujet 5

Montrez comment, au-delà du badinage et du style léger, *La Lettre modérée* constitue une défense rigoureusement structurée et de l'œuvre et de l'auteur et du genre.

COMMENTAIRES

Sujet 6

TEXTE 17 • *Le Barbier de Séville*, acte I, scène 2 en entier

FIGARO, *une guitare sur le dos* {...} *Ils se cachent.*

LIGNES 16-182, PAGES 46-52

Après avoir répondu aux questions suivantes, vous commenterez cet extrait.

1. Comment le dialogue nous permet-il de nous représenter les deux personnages en présence ?

2. Dans les répliques de Figaro, étudiez les allusions à la société française du XVIIIe siècle – la situation de la pièce en Espagne n'étant qu'un artifice contre la censure. Quelles sont les critiques formulées ?

3. Étudiez le style de Beaumarchais en envisageant des exemples d'accumulations, en commentant les différents registres auxquels fait appel la verve de Figaro et en vous interrogeant sur les modalités d'enchaînement des répliques.

Sujet 7

TEXTE 18 • *Le Barbier de Séville*, acte II, scènes 3 et 4 en entier

Je meurs d'inquiétude [...] *Elle sort.*

LIGNES 569-625, PAGES 69-71

Après avoir répondu aux questions suivantes, vous commenterez cet extrait.

1. Étudiez les rapports de pouvoir à l'œuvre dans ces scènes.

Le Barbier de Séville, mise en scène de Jérôme Savary,
avec Jean-François Lapointe, Delphine Haidan, Florian Laconi,
Paris, Opéra-Comique, 2006.
ph © Marc Enguerand/Agence Enguerand-Bernand.

2. Dans quelle mesure la maîtrise du langage entre-elle dans ces jeux de pouvoir ? Considérez avec attention les remarques métalinguistiques[1].

3. Pourriez-vous qualifier Rosine « d'ingénue » à la lecture de cette scène ? Quel personnage selon vous confère le plus un caractère comique à la scène ?

Sujet 8

TEXTE 19 • *Le Barbier de Séville,* acte III, scène 11 en entier

ROSINE, *effrayée à part.* – Don Bazile ! [...] *en riant.*

LIGNES 1594-1674, PAGES 110-113

Après avoir répondu aux questions suivantes, vous commenterez cet extrait.

1. À quel moment l'irruption de Bazile se produit-elle, comment interrompt-elle l'action en cours ?

2. Étudiez les échos entre les répliques. Montrez que l'unanimité apparente n'est en fait qu'illusoire. En quoi le comte occupe-t-il une position spécifique ?

3. Étudiez le comique de la scène. Dans quelle mesure peut-on le qualifier de farcesque ?

Sujet 9

TEXTE 20 • *Le Barbier de Séville,* acte IV, scène 6 en entier

LE COMTE. – La voici [...] ne peut y trouver place.

LIGNES 1916-1982, PAGES 123-125

Après avoir répondu aux questions suivantes, vous commenterez cet extrait.

1. Quels éléments précédemment mis en place par le dramaturge permettent au malentendu à l'œuvre dans cette scène de se faire jour ?

2. Comment est exprimée l'évolution des sentiments qui animent Rosine ?

1. *Métalinguistiques* : qui portent sur le langage.

Le Barbier de Séville, mise en scène de Jean-Luc Boutté,
avec Roland Bertin, Anne Kessler et Jean-Pierre Michael,
Paris, Comédie-Française, 1990.
ph © Marc Enguerand/Agence Enguerand-Bernand.

3. Dans quelle mesure pourriez-vous dire que cette scène se rapproche du drame bourgeois ?

4. Étudiez le coup de théâtre final. Dans quelle mesure illustre-t-il le ton général de la pièce ?

DISSERTATIONS

Sujet 10

Castigat ridendo mores. Cette locution latine signifie que la comédie corrige les mœurs par le rire. Est-ce toujours aujourd'hui, selon vous, la fonction de la comédie ?

■ Indications pour traiter le sujet

Qu'implique l'emploi de l'adverbe « toujours » ? Demandez-vous si ce sujet se rapporte aux anciennes comédies que l'on joue encore et/ou aux comédies qu'écrivent les dramaturges actuels. Que signifie « corriger les mœurs » ?

Vous vous appuierez sur des exemples précis pour répondre.

Sujet 11

« La comédie oscille du type dont l'irréalité permet le comique à la personne dont l'existence introduit un pôle dramatique. Où l'oscillation va-t-elle s'arrêter ? Sur le type ou sur la personne ? » écrit Michel Gouhier dans *Le Théâtre et l'Existence*. Vous discuterez ce point de vue en vous appuyant sur des exemples précis et sur *Le Barbier de Séville* en particulier.

■ Indications pour traiter le sujet

Analyser le terme « type » propre au vocabulaire de la dramaturgie et le mot « personne ». Interrogez les notions de « comique » et de « pôle dramatique », d'« irréalité » et d'« existence ». Peut-on parler d'« existence théâtrale » ? Quel rapport au temps implique « l'existence » ? En quoi le type est-il comique ?

Demandez-vous si M. Gouhier laisse présupposer une réponse à ses questions qui développent une affirmation à commenter. Pourriez-vous distinguer parmi les comédies que vous connaissez celles qui « oscillent » vers des types et celles qui « s'arrêtent » sur des personnes ? Reformulez la thèse contenue dans le sujet.

BIBLIOGRAPHIE

Études sur le XVIIIe siècle

GOUBERT Henri, *Les Français et l'Ancien Régime*, Paris, Armand Colin, 1984.

ROCHE Daniel, *La France des Lumières*, Paris, Fayard, 1993.

Études sur le théâtre au XVIIIe siècle

GOLDZINK Jean, *Comique et comédie au siècle des Lumières*, Paris, L'Harmattan, 2000.

LARTHOMAS Pierre, *Le Théâtre en France au XVIIIe siècle*, Paris, PUF, coll. « Que sais-je ? », 1980.

Études sur le genre théâtral

CORVIN Michel, *Lire la comédie*, Paris, Dunod, 1994.

LARTHOMAS Pierre, *Le Langage dramatique*, Paris, Armand Colin, 1972.

PAVIS Patrice, *Dictionnaire du théâtre*, Paris, Armand Colin, 2004.

SCHERER Jacques, *La Dramaturgie classique en France*, Paris, Nizet, 1986.

Biographies

BEAUMARCHAIS Jean-Pierre, *Beaumarchais, le voltigeur des Lumières*, Paris, Gallimard, coll. « Découvertes », 1996.

POMEAU René, *Beaumarchais ou la Bizarre destinée*, Paris, PUF, 1987.

Éditions du théâtre de Beaumarchais

GOLDZINK Jean, *Beaumarchais, Le Barbier de Séville*, Paris, Garnier Flammarion, 2001.

LARTHOMAS Pierre et Jeanine, *Œuvres*, Paris, Gallimard, coll. « Bibliothèque de la Pléiade », 1988.

Études sur Le Barbier de Séville *et l'œuvre de Beaumarchais*

CONESA Gabriel, *La Trilogie de Beaumarchais*, Paris, PUF, 1985.

POMEAU René, « *Le Barbier de Séville* : de l'intermède à la comédie », *RHLF*, novembre-décembre 1974.

SCHERER Jacques, *La Dramaturgie de Beaumarchais*, Paris, Nizet, 1980.

Discographie, filmographie, sites internet

PAISIELLO Giovanni, *Le Barbier de Séville*, 1782 (opéra).

ROSSINI Gioacchino, *Le Barbier de Séville*, 1815 (opéra).

MOLINARO Édouard, *Beaumarchais, l'insolent*, 1996 (film).

http://www.alalettre.com/beaumarchais-intro.htm

http://beaumarchais.free.fr/index_e. htm#

http://www.comedie-francaise.fr//histoire/repertoire.php

Collection Classiques & Cie

6 Abbé Prévost
Manon Lescaut

41 Balzac
Le Chef-d'œuvre inconnu
Sarrasine

47 Balzac
Le Colonel Chabert

53 Balzac
La Femme de trente ans

11 Balzac
Histoire des Treize
(Ferragus - La Duchesse de Langeais - La Fille aux yeux d'or)

3 Balzac
La Peau de chagrin

34 Balzac
Le Père Goriot

42 Barbey d'Aurevilly
Les Diaboliques

20 Baudelaire
Les Fleurs du mal

55 Beaumarchais
Le Barbier de Séville

15 Beaumarchais
Le Mariage de Figaro

51 Corneille
Le Cid

2 Corneille
L'Illusion comique

38 Diderot
Jacques le Fataliste

17 Flaubert
Madame Bovary

44 Flaubert
Trois Contes

4 Hugo
Le Dernier Jour d'un condamné

21 Hugo
Ruy Blas

8 Jarry
Ubu roi

36 La Bruyère
Les Caractères
(De la ville - De la cour
Des grands - Du souverain
ou de la république)

5 Laclos
Les Liaisons dangereuses

14 Lafayette (Mme de)
La Princesse de Clèves

50 Marivaux
La Double Inconstance

46 Marivaux
L'Île des Esclaves

12 Marivaux
Le Jeu de l'amour et du hasard

30 Maupassant
Bel-Ami

52 Maupassant
Le Horla et autres nouvelles fantastiques

18 Maupassant
Nouvelles

27 Maupassant
Pierre et Jean

40 Maupassant
Une vie

48 Mérimée
Carmen - Les Âmes du purgatoire

1 Molière
Dom Juan

19 Molière
L'École des femmes

25 Molière
Le Misanthrope

9 Molière
Le Tartuffe

45 Montesquieu
Lettres persanes

10 Musset
Lorenzaccio

54 Musset
On ne badine pas avec l'amour

58 Perrault
Contes en vers et en prose

57 Proust
Un amour de Swann

35 **La poésie française au XIXe siècle**

26 Rabelais
Pantagruel - Gargantua

31 Racine
Andromaque

22 Racine
Bérénice

23 Racine
Britannicus

7 Racine
Phèdre

37 Rostand
Cyrano de Bergerac

16 Rousseau
Les Confessions

32 Stendhal
Le Rouge et le Noir

39 Verne
Le Château des Carpathes

13 Voltaire
Candide

24 Voltaire
L'Ingénu

56 Voltaire
Micromégas et autres contes

33 Voltaire
Zadig

10 Zola
L'Assommoir

49 Zola
La Curée

28 Zola
Germinal

43 Zola
Thérèse Raquin

Achevé d'imprimer par Maury-Imprimeur à Malesherbes (France)
Dépôt légal : 923388 / 03 - novembre 2009
N° d'imprimeur : 151383